日知文丛

虔敬与喜悦

聂 尔 著

浙江古籍出版社

图书在版编目（CIP）数据

虔敬与喜悦 / 聂尔著 . -- 杭州 ：浙江古籍出版社，2022.1

（日知文丛）

ISBN 978-7-5540-2190-3

Ⅰ . ①虔… Ⅱ . ①聂… Ⅲ . ①散文集－中国－当代 Ⅳ . ① I267

中国版本图书馆 CIP 数据核字（2022）第 010208 号

日知文丛

虔敬与喜悦

聂 尔 著

出版发行	浙江古籍出版社 （杭州体育场路 347 号 电话：0571-85068292）
网 址	https://zjgj.zjcbcm.com
责任编辑	周 密
封面设计	吴思璐
责任校对	张顺洁
责任印务	楼浩凯
照 排	浙江时代出版服务有限公司
印 刷	浙江海虹彩色印务有限公司
开 本	889mm × 1194mm 1/32
印 张	7.5
字 数	156 千字
版 次	2022 年 1 月第 1 版
印 次	2022 年 1 月第 1 次印刷
书 号	ISBN 978-7-5540-2190-3
定 价	48.00 元

自 序

不太严格地说，这是一本关于阅读的随笔集。

第一辑是关于文学的阅读，其中的每一篇都涉及文学史上具体的作家及其作品，算是一种个人的对经典的追寻，或可与读者诸君共勉之；第二辑是关于历史作品的阅读，因为历史本身是无法阅读的，只能借由作品来阅读，但所抒发的是关于历史的感想；第三辑是对生活的阅读，这里面当然首先是关于个人的生活，但也极力地加入了时代的背景和色彩，以期进入一个公共的阅读领域。

文学、历史、生活，此三者差不多可以构成一个活着的人的全部。文学旨在思想，或者它是一种思想的方式，即艺术；历史指向过往，或者它只是一种过往的结晶，一种可见的残余，但到底可以从中照见我们自身，或我们自身所在的群体；至于生活，生活即是当下，尽管它是转瞬即逝的当下，非常地难以捕捉，但每一个体不都由这些转瞬即逝的当下编织而成？

文学和历史引起的个人的虔敬，滔滔无尽，在这涌动的大河上，即便迷失，超乎现实，又有何妨？生活，本身就是喜悦，无论它给予我们的是什么，意识之光总能将其浸染和塑造得有形有色，并最终将其纳入由固有东西的变革——即文学和历史的演变——所形成的新的秩序之中。这不也许正是个体存在的意义所在吗?

本书中文字敢称随笔，并非指其在整体上达到了这一文体的自由而成熟的阶段，实际的情形是，这里面的每一篇的成型过程都是一种文笔的试验，只不过在每一次的试验中，个人都恪尽心力，筚路蓝缕，行至水穷处而已。

出版是一件既令人羞愧、又使人光荣的事情，所幸它虽是一种无可讳言的袒露，可同时又潜藏着不必明言的遮蔽。

写完这个短序，变化就已经发生了。

就这样吧。

聂尔

2020 年 10 月 28 日于兰煜花园

目　录

第二辑 感知历史

第三辑 阅读生活

第一辑　追寻经典

景观与文学

有人指出，当代文学作品对自然和人文景物的描写日渐稀少和薄弱，这表示当下作家身上的某种能力的退化，或是某种意识的消退。但我认为这一现象所包含的意味颇复杂，且并不一定原因只在作家身上，我的理由是：首先，社会生活的全面的景观化导致人与其环境的关系正在变得日甚一日地疏离、短暂并且虚伪，人从其先前所在的阶级关系、社群关系、历史关系，总之是从一切的固定的关系中被拔了出来，被瞬间抛入到景观社会的某一个偶然的位置上；人被迫地流落在了一条一直通往“前方”的路上，流落在了现代生活的旋涡里，他只得在无人管顾的自我的晕眩中，在昏昧的意识和潜意识中，独自寻找他的已然离失的家园，他并且知道这是一次永久的离失；而且，这条不可选择的路，这魔鬼的手掌一般不停息的旋涡，这悲伤而又可怜悯（但却无人怜悯）的自我，甚至包括这个自我的潜意识，都有着一种不甚清晰的悖论式的否定性：我本不愿意走这条路但我却只能在这条路上，我本不愿意一直向前走但我却无法按照自身的意愿向后走，是何种巨大的力量把我那熟悉的、生我养我的大地从我的脚底抽离？为什么到处都是如此令我眩晕的宏大的景观？这里绝对不是我的家但我却只能以此为家。

这就是在黑格尔的“世界精神”缺失之后，在一切乌托邦试图重新建立世界的统一性失效之后，马克思在《共产党宣言》中所描绘过的资产阶级革命给予现代世界的一种动荡的、脆弱的、发展的新的统一性。这种新的统一性以固有事物的破碎和消失为前提，它的建设以摧毁为前提，它的可认知的前提则是它的永不停止的变化，而它的生活世界和道德世界必须在资产阶级的经济活动这条大船上被有限地进行安置，也就是说经济活动这条鳄鱼的脊背将驭着被连根拔起的传统世界，无目的地到处奔跑，并且决定和改变着这个世界的面貌、性质、走向。马克思在《共产党宣言》中是这样描写的：

> 资产阶级除非对生产工具，从而对生产关系，从而对全部社会关系不断地进行革命，否则就不能生存下去。……生产的不断变革，一切社会状况不停地动荡，永远的不安定和变动，这就是资产阶级时代不同于过去一切时代的地方。一切固定的僵化的关系以及与之相适应的素被尊崇的观念和见解都被消除了，一切新形成的关系等不到固定下来就陈旧了。一切等级的和固定的东西都烟消云散了，一切神圣的东西都被亵渎了。人们终于不得不用冷静的眼光来看他们的生活地位、他们的相互关系。

在此之前马克思还写道：

> 资产阶级抹去了一切向来受人尊崇和令人敬畏的职业的神圣光环。它把医生、律师、教士、诗人和学者变成了

它出钱招雇的雇佣劳动者。

既然是雇佣劳动者，这里就不是他的家，这里的一切就不会是贴心的、体己的、亲切的，而是陌生的、冰冷的、与己无关的，也就是说他之触目所见不过都是一些“景观”而已。所有的人，包括以上所说的受人诟病的文学家们，置身于这些景观之中，“终于不得不用冷静的眼光来看他们的生活地位、他们的相互关系”。何况他们无时无刻不在经受着剧烈的变化的折磨，他们当然也就既无心情也无闲暇去进行什么景物描写了。如果一定要描写环境，那这个环境也就是像鳄鱼的脊背那么狭窄的一条大街，或者是类似的什么东西，总之必须是他行走于其上、刺痛他的双脚的芒刺似的什么东西，而不是像巴尔扎克那样做一个全面的精雕细琢的社会历史的记录员，或者像曹雪芹那样写一个不乏温情的巨细无遗的大观园，因为“一切社会状况不停地动荡”使他无法去记录，更使他无法拥有一个“大观园”。那么如何去写一条刺痛双脚的大街呢？现成的例子是陀思妥耶夫斯基在《地下室手记》中所写的彼得堡的涅夫斯基大街（它就是我们常在小说中看到的涅瓦大街，1776 年以后它被称作涅夫斯基大街）。这是一条斗争的、不平等的、受苦受难的大街，贵族、将军、官僚、平民和勇敢地冒了出来的“地下人”，都走在这条大街上。“地下人”抱着“超人”般的雄心，想要找机会与将军撞个满怀，以便证明他可以不给将军让路，但他却始终达不到这一目的。他的这一恢宏的目标只能等到十月革命之后才得以实现。涅夫斯基大街上成长起来了几代人，他们是：普希金式的浪漫主义者，十二月党人，多余的人，“地下人”，车尔尼雪夫斯基式的“新人”，以及最终的布尔什维克们。

这就是马歇尔·伯曼在《一切坚固的东西都烟消云散了：现代性体验》[①]一书中所解读的“大街上的现代主义”。他把彼得堡的大街上的现代主义称之为“欠发达的现代主义”，而发达的现代主义则发生在波德莱尔笔下的巴黎的林荫大道上，因为巴黎的林荫大道上没有“地下人”，有的是大规模的城市改造所产生出的新的自由和民主，是马克思所描述的在那里“一切神圣的东西都被亵渎了”，“一切向来受人尊崇和令人敬畏的职业的神圣光环”被抛在了泥潭中。对于波德莱尔来说，就是诗人头上的光环掉落在了泥淖中。波德莱尔几乎与马克思同时发现了社会关系的这一根本变化，只不过马克思是在对资产阶级的生产方式的研究中发现了这一点，而波德莱尔则是从经过奥斯曼和拿破仑三世的大规模城市改造后出现的贯通巴黎的林荫大道上直接观察而得到。巴黎的城市改造运动拆除了旧城市中富人和穷人、贵族与平民、阳光与暗角之间的所有屏障，使得所有不同社会阶层的人都出现在同一地平线上，并不得不相互“看见”，不得不相互施予礼遇，或公然拒绝这样做。同时，以惊人的幅度拓宽了的街道在人类历史上首次形成了公共交通的危险的旋涡，使得贵族、诗人、妓女和小姐们不得不一律平等地享受其便利和危险。波德莱尔正是从这里发现，传统的慢速度的优雅必须让位给快速的不雅的现代运动方式，传统的固

① 《一切坚固的东西都烟消云散了：现代性体验》，（美国）马歇尔·伯曼著，徐大建、张辑译，商务印书馆 2015 年版。

有的交往方式必须让位给大街上惊人的但却是转瞬即逝的美，所有面纱遮盖住的苍白之美不及蛇一般扭动的黑色身躯，而且二者都将变为白骨，进入坟墓。他把他对城市生活现代性的发现直接地表现在《巴黎的忧郁》的许多篇章中，它们的现代性的诗意则凝结在了《恶之花》中。这样我们就能明白，波德莱尔持久兴奋的诗情，他对现代性的闪电般的照亮，他给所有残酷真相缀以诗的韵脚，他之成为第一个大街上的现代主义者，这一切都源自他像《共产党宣言》的作者一样看见“一切坚固的东西都烟消云散了”。

最早的现代主义是大街上的现代主义。这是19世纪的现代主义精神。在《追忆似水年华》中我们能感受到把大街上的（当然也包括坐落在大街上的某个大宅子的客厅里的）所有景物和人都数倍地加以放大了的那样一双有如初见般的细腻而又惊讶的双眼。《尤利西斯》中的布卢姆在都柏林的大街上的历险差不多是十九世纪“大街上的现代主义”在20世纪的最后一次精彩的表演。随后欧洲陷入两次大战所造成的精神的痛苦和幻灭之中，烟花般迸现出了达达主义、超现实主义、表现主义、存在主义等形形色色的现代主义。而在和平的美国则开始了新一轮的大街改造运动，这就是由摩西主持的从20世纪20年代至50年代的纽约市的城市改造运动。公路穿城而过，拆散了无数的社区及其内部固有的人与人之间的关系，改变了街区之间的传统的富有内涵的关系。很多人认识到其中的问题，但无人敢于公开反对“现代性”和“进步”，直到“家庭妇女”雅各布斯发起了一场拯救美国大城市的运动，这股借助于公路和汽车上演的现代性旋风才终于放缓了它的脚步。但是，很多工程已经成型和落幕，已经成为“景观”。

大街上的现代主义告一段落，因为大街已经没有了，代之而来的是公路（和高速公路）和汽车。此时的美国文学开始搬演公路小说，并产生了一批经典作品。凯鲁亚克的长篇小说《在路上》即为其中最著名的一部，成为如何“垮掉”和流浪的圣经。厄普代克的长篇小说《兔子，跑吧》整体而言并非公路小说，但兔子的首次离家却是驾车沿着公路狂奔，其绚烂的色彩、狂野的速度、惊心动魄的颠簸，确可称为经典的公路文学片段。景观中的个人六神无主，公路上的青年苦闷彷徨。直到 20 世纪 60 年代反战运动来临，这种公路上的现代性体验才被统一的政治景观所取代。进入 70 年代，狂乱的现代心灵终于与无从躲避的现代性景观妥协。80 年代初，新保守主义者里根上台。

在欧洲，1967 年，居伊 · 德波出版《景观社会》[1]。在马克思揭露商品和货币的秘密之后，他揭开了资本主义社会的景观的面纱。他断言，资本主义社会已经成为一个景观社会。他发现“景观是人们自始至终相互联系的主导模式”，“在景观娱乐的灿烂光环背后，一种平庸化的趋势支配着世界现代社会”，景观乃是一种“伪欲望引导结构”，甚至会成为可以笼罩、欺骗和窒息民族生活的“虚幻的共同体”。

文学也已经成为一种景观，它不仅用于陈列，读取（看），而且它的主要功用已转变为展示作家手中形形色色的奇观，就

① 《景观社会》，（法国）居伊 · 德波著，王昭风译，南京大学出版社 2006 年版。

像电影那样，这就是为什么几乎所有的当代文学都成了“意象主义”的文学。甚至连作家本身也被出版营销机构和他本人展示给了读者和大众，而不是像他们曾经宣称的按照福楼拜说的那样始终藏到书的背后。文学之成为一个景观，是由总体性的景观化的世界所决定的。这并非一个悲剧，只不过有点尴尬而已。

2017 年 12 月 26 日

批评为什么重要？

我希望观众从外部……作为证人去看我们的时代。同时又希望他参与其事，既然他在创造这个时代。何况我们这个时代有点个别：因为我们知道我们将受到审判。

——萨特《作者，作品与公众》

许多迹象表明，在卡夫卡看来，官吏的世界和父亲的世界是一模一样的。不过，这种相似性并不会给父亲们带来荣耀。迟钝、腐朽和肮脏充斥着这个世界。父亲的制服上到处都有污点；他的内衣也是不洁净的。肮脏就是官吏们的生活要素。

——本雅明《弗兰茨·卡夫卡》

对于卡夫卡和普鲁斯特等现代作家作品的阅读，没有文学批评的介入和帮助，几乎完全无法进行；面对兰波、马拉美等的现代诗歌和《等待戈多》等现代戏剧，也是同样。这和对古典作品的阅读大不相同。一个现代人阅读莎士比亚和《水浒传》，一般不会有跨越不过去的障碍，而阅读现代的作品（远不止上面列举的这些）则往往会成为需要一定准备、技巧和耐心的障碍赛跑。克服障碍所需的必要准备正是文学批评的知识、意识，以及借助于文学批评所培养起来的文学（艺术）感觉。

这是现代文学，特别是其中的现代主义文学，作为现代的文化景观的一个显见的特性，也是它招致诟病的表面的原因之一——阅读不再是一项轻松消遣的活动，因而与大众相隔绝。现代文学的另一特点，或者甚至可称为是其症状的，是它的艰深的语言、心理特征，及其非民主化的倾向——尽管它的初心却可能正是为了文化的平等，同样对读者提出了要有所准备的要求。但尽管其中充满了障碍，并因此而遭受大众的非议甚至拒绝，这块地盘却成了深入堂奥的文学读者们阅读和批评不可多得的宝地。

文学批评借助于哲学、心理学、社会学、历史学和自然科学的相关知识，通过深入挖掘这一宝藏而得到了长足的发展。发展了的文学批评并由此向外辐射开来，对古典的、少数族裔的、后殖民的，以及当下的文学创作，展开了掘宝似的大规模的开采工作。批评的视野也因此而变得愈来愈开阔，愈来愈精准，愈来愈深入文学和文化的核心之地。文学批评的工作方式变得越来越多样化、精细化，从文化史的宏观角度看，也越来越具有戏剧性，因为它总是能够解除意料之外的遮蔽，打开未名之湖。

文学批评从作品、时代、文化（当然包括文学史）和历史的错综之间探入针头，进行工作。通过针头的左右偏移，生出了各类不同的批评：有针对作品的批评，有针对作品的时代意义的批评，有把作品置于文化图景中进行的观察，也有把作品作为一种历史的回声来倾听和辨别。此外，精神分析批评也早已蔚为主流之一支。总之，20 世纪以来，多元化的文学批评透过它在现代文学领地上的工作，以及对这一工作的扩展，构成了文学版图上最为触目的，并且是扩张最为迅速的一极。这是 20 世纪以来的文学与以往世纪的文学最为不同的图形和性质之一。

有声音说，20 世纪的文学创作可能不如 19 世纪的重要和精彩，因为 19 世纪的大师们是如此清晰地屹立在文学—思想—文化的原野上，似乎已经与更为古老的文化景观融为一体，建立了属于他们的绝对的地位，他们的精神影响力仍在甘泉般汩汩流淌，造福于今日之世界，并且还指向了未来。这一说法当然有待于站到更久远的未来进行观察和评价，因为作为其参照的 20 世纪毕竟刚刚过去，甚至还没有完全成为过去，还尚未形成一个绝对清晰的背景和对象。如果说对前面两个世纪文学创作的这一比较判断还令人感到犹豫，那么，说到文学批评，则绝不会有人说 20 世纪的文学批评不如 19 世纪的。倒是有人说 20 世纪是批评的世纪，对这样的说法反驳起来很不容易。这是因为 19 世纪的可资利用的思想—科学资源较之 20 世纪不可同日而语。

20 世纪的文学批评，一方面是动用了哲学、语言学、人类学、宗教学、心理学、社会学、科学等诸般利器，几乎做到了窥尽所有；另一方面是上述各学科之间的联合、跨越和合作，几乎冲破了所有的藩篱，使得文学如彩虹般勾连起了并且照亮了人和世界的精神的沟壑，使其显得既宏伟而又前所未见的具体。存在主义、结构主义、马克思主义、精神分析等等，都是探索和重新构造既有世界的通道。在其中，文学担负着不可替代的使命和角色。

文学批评因此拓宽了它的边界。批评既成为一种理论，又是一种实践。作为理论，它有无数的触角，用以嗅到最遥远的其他学科理论的芳香，并沾染之；作为实践，它像穿山甲一样，可以灵活地渗入巍峨的山体，构筑形形色色不同的洞穴。这些洞穴可以在文学之内，也可以越出到边界之外。比如，博尔赫斯短篇小说的魅力就是一种混合物，很难说其中有多少理论、多少批评、多少传统文学；普鲁斯特的小说文体散发着批评思辨的奇妙的味道，这也是不可否认的；乔伊斯的创作显现出的令人惊绝的天才，来自他对宗教、世俗、语言、传统文学的反思和洞察；卡夫卡的所有文字都是用他的幽灵般的笔触对世界进行的思考，只能说他的思考消灭了所有思考的痕迹。

20 世纪几乎所有重要的文学，都带着某种思考的表情，都有着一个批评的内核。20 世纪的作家首先是一个思维的主体，其次才是他的表达的方式。如果说 19 世纪的陀思妥耶夫斯基，因为在小说中令其人物进行深沉的激烈的思辨和对话，是 19 世纪文学的一个异数，那么在 20 世纪文学中，尽量减除了人的思维容量的海明威式的作家，则是不合时宜的——近些年在中国读书界风靡一时的卡佛，亦可算作此类。20 世纪的作家，为我们建立了思想的主体及其阴影。

他们重塑了人类的阅读。

我们现在打开一本书、一部作品，如果看不见、感受不到它们对于我们的精神的叩击，我们立刻就会感到失望。正如卡夫卡所说，如果阅读不是对我们的一个猛烈的打击，如果它不是对我们猛击一掌，如果阅读的利斧不能劈开我们思想的冰封的河流，我们为什么还要阅读呢？这样的一种阅读的期待，阅读的视野，当然不是从来就有的，而是20世纪才有的。是现代文学引领我们走到了此地。是混融了理论和批评的现代文学创作培养了我们的这种新的阅读习惯。因此，说20世纪是一个批评的世纪，并不只是针对批评本身而言，因为很多批评隐含在了创作之中，隐含在作家和作品对读者的呼唤中。“理想的读者”正是这样产生的。

“理想的读者”及其类似概念，既是一种理论预设，又是一个现实的实践中的期待，是接受美学的一个希望。20世纪的现代文学创作，之所以在两次世界大战和其他世界性灾难的背景之下，艰难竭蹶，而又不失希望，正是因为内在的批评构建了创作的高昂主体，而对于“理想的读者”的预设画出了未来的地平线。阿多诺说：“奥斯威辛之后，写诗是野蛮的。”这个跨越式的批评，把文学设为存在的一维，把诗歌悬为理想之极，把历史纳入了未来之镜，把写作的现时性与未来性的连接揭示得淋漓尽致。这是悬挂在20世纪脑门上的一个批评，其批评的严酷性弥漫到了每一个作家的每一次写作之上。这正是批评的世纪的一个最为醒目的标示。

但是，尽管身处如此的20世纪的批评图景之中，却并非我们每一个身在此山中的人都能将这一图景看得清楚，并从中得到足够的收获。这是自然的，不可能每条蚯蚓都能吃到一样多的土。何况我们对20世纪批评思想和实践的介入曾经还有过长久的中断，我这一代人更是到了80年代初期才有机会窥其一斑。

而现在我们已经迅速地老了，即将撇开世纪老人的手。尽管我们频频回首，亦不可能得其全图了。我们之所得，可能主要的只是一种意识，那就是意识到文学批评之宝山巍峨，但我们自己却已无能尽览，更遑论身与之共。

幸与不幸，集于一身。我辈之幸，在于比之前辈虽然未遭极端之苦难，但却独能于苦难岁月之杪，借弯道处的风景得天启般地醒悟：何为时代，何为文学，何为历史，何为人之心性耶。是时代的突变引起了何为时代的问题，而这正是我们的批评意识的萌芽之时，正是我们的整体性的批评视野之所建立之地。我们所经历的20世纪80年代，是政治、社会、历史与文艺缠夹争讼的舞台，是批评之所滥觞。这并不是说批评在当时就已取得多么巨大的成绩，而是说批评的意识从那时开始弥散于人心，进入到创作，掀动了精神。

但是，批评的精神并非永在凝聚，而是也有流失。比如，当下的文学创作就明显缺少批评的参与。随便翻开无论一本什么杂志，无论一篇什么作品，几乎全都是松弛的麻木的焦距模糊的但却还无端地带有几分得意的一堆文字侵入了我们的眼帘，很少有意外。这种手机拍照式的文学占据了几乎所有的本应是十分珍贵的文学版面，误导着已经十分寂寥的文学读者，消耗着他们的耐心，培养着他们的坏口味，并且循环地批量地生产着下一轮的同质化的生产者。无论是所谓现实主义作品对现实的认知，还是试图超越现实的作品对它们的目标的认识，都隔着重重雾幛，并且这雾幛居然还成了一种安全的屏障；从来都不缺少的那种小聪明的作品，也都挠不到痒处，更谈不到触及痛处。

我把这一普遍的情况归因于批评的缺位。

批评的幽灵未能出现在它应该出现的地方，以便能够惊动写作的良心。似乎写作者们没有建立起某种批评的标准，对他们写下的文字也没有或者已经失去了批评的敏感。仿佛我们不是处在奥斯威辛之后，不是在现代主义之后，不是处于世界的文学史和思想史的一端……

2018 年 8 月 3 日于兰煜花园

伯格曼的天空

在时代的清晨，一切比现在还要美丽；
后来发生了一些事情，轨道上出了问题，
可能还有其他原因，
是一次必须制止的罪行……

——斯特林堡《一出梦的戏剧》[①]

我坐在落地窗前，望着外面铅灰色的天空，上面映现出了伯格曼的面孔；我走进卫生间，坐在那里，仔细看镜子和墙的夹角处是否有一个伯格曼走出来，就像在《芬妮和亚历山大》中亚历山大所看到的……我的眼前当然是没有，因为我没有伯格曼的“魔灯”；我也早已从亚历山大式的童年出走，再也返不回去。假设我手中有“魔灯”，我是否愿意重返我的童年和童年时代的家庭景观，也还是一个问题。

回忆，伯格曼式的回忆，以及普鲁斯特式的回忆，似乎只作为现代主义艺术的天空，已经被载着我们的不可逆行的巨大飞行器错过。我们已经丧失了我们的过去，童年，梦，母亲和死亡。现在的我们，以及未来的我们，只能怀着犹豫不决的心

① 《斯特林堡小说戏剧选》，（瑞典）斯特林堡著，张道文、李之义译，人民文学出版社，1999 年版，第 404 页。

情观看伯格曼的天空和普鲁斯特的充满回忆的书页。

我们甚至无法像《野草莓》中的那个老医生艾萨克一样，一边发呆、瞌睡，一边回忆我们未曾得到过的爱情。我们的身边也没有围绕着满怀爱情、梦想和正义的青年。我们从未年轻过；我们的生活从来没有成为过艺术；我们的母亲最终成了一帧沉默的影像，在时间之墙上慢慢地向下滑落……

1983 年前后或者比这稍早，我知道了伯格曼这个名字，也知道了他的电影《野草莓》，兴许还有《第七封印》。我看到了伯格曼戴帽子的工作照，他站在一群电影人的中间，透过摄影机镜头，审视着对面的那个被框住的世界——唯有在那个世界，他可以行使他的艺术的权力。我看到了《野草莓》的剧照：一个空虚疲惫的老人和一个热情单纯的少女。我同时知道的一些电影人的名字，包括有电影评论家巴赞和克拉考尔，他们在一些片断的引言中撩拨着我关于电影的情思；当然还有其含义可以无限挖掘下去的“蒙太奇”和“长镜头”等电影术语。因此，很多年之后，当我真的看到电影《野草莓》时，那或多或少具有了一种重逢的意味；正如 1983 年的我意图探究电影的秘密，是为了与童年的影像经验重逢。所有向前的运动同时也是向后的。能够向前多少取决于后方的长度。但是我们的枯瘠的童年并没有留给我们一座载着丰厚回忆的后花园。

我与现代电影的真正相遇，发生在 1985 年这一奇妙之年。太多的人知道，1985 年是中国文学的爆炸之年，这一年或其前后，出现了《百年孤独》的中文译本（尽管是盗版的）、莫言的《红高粱》、阿城的《棋王》、刘索拉的《你别无选择》、马原的《拉萨河女神》等等后来成为当代经典文本的文学作品；关于电影，只有我自己知道，在北京全国政协礼堂观看《现代启示录》时，我是如何被科波拉的狂轰滥炸所震惊，并陷入到了持续的晕眩之中，一直到20世纪90年代看到科波拉的《教父》（当然不只是它，还有《本能》《苦月亮》《沉默的羔羊》等一大批），被它的“可读性”所抚慰，从而进入了影像消费主义的岁月。也就在这个时段，以刘索拉《你别无选择》为开启的，以马原、余华、格非、孙甘露为代表作家的中国先锋文学，仿佛只在刚刚报幕之后就已飒然落幕。为了纪念先锋之死，我写了《孙甘露论》。孙甘露后来果然不再有作品问世。“神的作家”马原居然也转身了，他的转身称不上华丽，徒留耻辱。余华只是“活着”。仙风道骨的阿城则早已飘零别处。

中间的某一年——1988年，我在北京西单电影院看《红高粱》时，激动得不得了。坐在完全陌生的北京观众中间，我与他们一起怀抱庄严的激情，屏息敛气，仿佛这是一个迎接中国电影艺术黄金时代的秘密仪式。那时我们真的以为有“宽宽的大路，长长的宝船”，我们相信未来的电影、文学、美术和社会都会有“宽宽的大路，长长的宝船”，而这个未来近在眼前。电影散场后，满街高唱“妹妹你大胆地往前走呀”。谁能料到张艺谋此后的转身是那么的出人意料，并且他的转身愈来愈显得合情合理，简直是太合情合理了！……只是，电影艺术没有了。电影必须要突破我们的想象！一切合乎情理的东西，符合想象的东西，断然不是电影。也许电影到了地下，比如后来的贾樟柯和他的伙伴们；也许电影在台湾，比如侯孝贤和李安；甚至在香港，比如王家卫。总之，在我们的生活的大路上，已经没有了可以与我们迎面相撞的电影，没有了那种巨人般趔趄着走来的大篷车，猛地一下把我们挤到路边，令我们目瞪口呆的电影。电影成了无伤大雅的小秘密，成了帐篷里华美的马戏，成了追星族和他们偶像之间的耳语。

谁都能感觉得到，这是一个缺了一角的天空。不可能长期地没有电影。2000 年前后，文艺青年们开始淘碟，于是，一场关于经典电影的回忆开始了——在电脑屏幕上，在只有一个人的空间，在无人的角落里。这场回忆一直持续到今天，借助于网络，就像菲茨杰拉德笔调下的一场篝火晚会——火注定要熄灭，但只要黎明尚未到来，微烬就会散发出余热，给整个夜晚以幻想。20 世纪 50、60、70 年代的经典电影的命运掌握在我们手中，它们需要我们的观看，否则它们就是死的胶片；穿越时空而来的经典影像，散发出婴儿的鼻息一般的气息，极尽温柔地指向记忆的深渊；但是，它们激起我们的感情却已经既不单纯，也不新鲜，尤其是我这一代人（因为我可以作证）。我们不用看镜子，就能知道我们像极了《野草莓》中的老医生艾萨克：满脸的皱纹里藏着历经世界的尘土，呆滞的神情上写的是抹不掉的虚无主义，每一次瞌睡都是向死亡的一次施礼，并且一点都称不上优雅，因为我们完全没有学会艺术。我们当年的雄心如今看起来只是一个无谓的浪费。我们的自私和吝啬就像两只耳朵一样招摇。《野草莓》仿佛一个预先就挖好了的陷阱，等着捕获我们这些穷途末路的老猎物。

《野草莓》是伯格曼编剧、导演、拍摄并上映于 1957 年的电影。这一年的伯格曼 39 岁，他试图深入到一个垂老之人的回忆中。他请了一个 78 岁的、很难伺候的老演员饰演主人公艾萨克。就像《第七封印》中的死亡之舞一样，伯格曼抓住了一些非表演的瞬间，这些偶然定格的瞬间变成了影片里精彩的镜头。他之所以能够这么做的前提，是他与演员之间建立的亲密关系，他对他们的熟悉和理解。这一关系实际上在整个拍摄过程中一直在起作用。这就是为什么伯格曼敢于大量使用脸部特写来表现人物细腻微妙的情感。老艾萨克呆滞、游移、模糊而又缓慢的神情，为什么会对我们来说充满了魅力？难道他是坟墓的肉的象征，吸引我们不由自主地走向它？难道他的身上具有死亡的魔力，是我们所不能抗拒的？部分的答案可能正在于伯格曼对现场的掌控和对演员的自由的洞察，对表演与非表演之间的中间地带的观察和采撷。

《野草莓》几乎具备了伯格曼惯用的所有电影元素：力求精致的画面，狭窄空间里的镜头挪移，室内空间的舞台化，表现主义的梦境，时间主题，人和环境的契合，死亡主题，爱情的主题，等等。也许对戏剧冲突和戏剧场景的运用不如他的其他影片突出。

伯格曼是把电影、戏剧和文学结合得最为紧密的艺术家之一。他本来也具备这三重的身份：他是戏剧导演、电影导演和作家。作为作家，他是自己的几乎所有电影的编剧，他在垂暮之年写下了总结一生的自传《魔灯》[①]。他一生共创作电影 59 部，

① 《魔灯》，（瑞典）英格玛·伯格曼著，张红军译，广西师大出版社，2017 年版。

其中绝大部分他既是导演，又是编剧，极少部分他只是编剧。他作为戏剧导演的生涯比他的电影生涯更加长久，一直延续到生命的最后几年。他活了 89 岁，逝世于 2007 年。他的一生是疯狂的一生。

伯格曼在 1982 年宣布息影之前创作的最后一部电影是《芬妮与亚历山大》。这是一部鸿篇巨制，是把电影、戏剧、文学和神话紧密而又完美地结合起来的电影艺术奇迹。这部电影共有 3 个版本：电影版、电视版、导演剪辑版，其中电影版篇幅最小，也长达 188 分钟。这部电影的一个明显的特色，是把家庭生活戏剧化，表现了人类家居空间的复杂性，人穿行在无数的墙壁和门之间，整个环境温暖而又华丽，暧昧而又多彩，欢乐中夹杂着忧虑，鬼魂不时地出现，成为家庭的组成部分。这成为老年的伯格曼的归家之旅。与世俗人家的温暖相对，伯格曼显然是谴责了冷酷的主教之家，那里单调、简陋、严酷，不宜于人的存在，并最终遭到了毁灭。

这令人联想到伯格曼本人的成长经历。他的父亲是个牧师。伴随他成长的是父亲对他的惩罚，压抑的家庭氛围，和他的持续不断的反抗。一直到他成年，并已成为导演之后，有一次他母亲电话通知他父亲病危，命他前去探望，他的回答居然是：

> 我告诉她我没有时间，而且也不愿这样做。我和父亲之间无话可说。对他，我不感兴趣，我在他临终时去看望，很可能会使他惊恐不安。

母亲听他这样说，哭了起来，他的表现却更加决绝：

> 我表示，泪水绝不会对我产生任何作用，说完使劲扔下话筒。[①]

而在《芬妮与亚历山大》中，作为芬妮和亚历山大继父的主教被烧死，令我们忍不住会认为这是老年的伯格曼的最后一次“弑父”。

伯格曼是一个现代的浪子，他以一生浪游于电影、戏剧和文学中。他离弃了家庭，又不断地在电影中“回家”。他一次又一次地离婚，结婚，拥有和抛弃情人，他始终徘徊在家庭情感的边缘，找不到固定的位置。如果不拍电影，他会是一个抑郁症患者。电影、戏剧和文学是他稳定自身感情的三脚架。他的真正的“家”在摄影棚里和舞台上。

他承认，摄影棚是一个情欲高涨的地方，因为那里的人们必须赤诚相对。

2018年7月5日于兰煜花园

① 以上两段引文均出自《魔灯》第6页。

安娜生命中的最后一天

安娜坐在客厅里，手里拿着丹纳的新作在灯下阅读，同时倾听着门外的风声，时刻等待马车的来到。

——列夫·托尔斯泰《安娜·卡列尼娜》[①]

这是安娜已经产生了怀疑——她怀疑伏伦斯基不再像以前那么爱她——之后的某一天夜里，她骗伏伦斯基说他们的女儿安妮病了，以此要求他早回家。她紧张地坐在客厅里等着他，她之所以紧张是因为：第一，安妮的病已经好了，这样就等于她的确是在骗他；第二，她必须再次证实，伏伦斯基对她的爱是否真的减少了。

我读到这里的时候觉得自己就坐在安娜的客厅里，和她一起在等候伏伦斯基回来。我的同情在安娜一边，尽管她是无理的，就像所有热烈的爱都是无理的一样。我们总是偏向于爱的人，不论她多么无理；而不是那个放弃了爱的人。因为仍然在爱着的那个人正是我们自己，而放弃了爱的那个人已然成了一个对象，一个他者，一个人类大同、普天共爱的可见的障碍物。而一个障碍物简直就是没有人性的，无论它的存在是多么的自

① 《安娜·卡列尼娜》，（俄）列夫·托尔斯泰著，草婴译，译林出版社2014年版，第612页。

然、合理、不可移易。这也正是安娜的丈夫卡列宁存在的合理性，他是一个杰出的政治家、一个谦卑的基督教徒、一个合适的丈夫、一个无可指摘的人，只因为长了一双不漂亮的耳朵而被安娜厌弃。

我们自己，一个阅读者，正是一个渴望爱和被爱的人，否则我们不会打开一本书，尤其不会打开《安娜·卡列尼娜》这样一本众所周知的爱情小说。所以，无论最终的惩罚和报应会落在谁的头上，我们的情感的滔滔洪水却会托起我们自己的诺亚方舟，载着我们的同情者安渡彼岸，而放弃拯救卡列宁、伏伦斯基、奥勃朗斯基、哲学家柯兹尼雪夫等无法赢得我们同情的人，尽管作者的同情也或多或少地分配给了这些人一些，那是因为作者是上帝，我们读者则可以不必管得太宽。

读者在一本书中所扮演的角色相当于魔鬼。他的同情和赞美完全不依据于道德和宗教，那么他依据什么来对人物下判断呢？说一个读者仅仅是一个审美的人，那是低估了他；说他是一个完全被作者所支配的被动者，那更是错看了他。读者是一个修正主义者，他其实根本就不信任作者，他一直想要做的，是看穿作者的那一套把戏，以便拆穿他，和他捣乱；他也不以单纯的审美为意，因为他是躁动不安的，他不是一个静穆的人，他想要纵观全局，重新安排。特别吊诡的是，他要以自己的情感、好恶，以自己的规则来颠倒世界，而不是服从已经存在的这个世界给他的安排（这是他本来的初衷）。

比如，安娜和伏伦斯基在火车站最初相见的时候，根据作者的安排，他们互相都看了对方一眼。这当然是未来情节发展不可少的伏笔。但这却并非我们读者的心愿，我们的心愿是安娜可以不看伏伦斯基，因为最高的美是自足的，是具有无上尊严的，任何偏离自身投向外部的动作都会损害这种美，安娜瞥向伏伦斯基的一眼就损害了她自身的美。这是我们读者的心愿，是对作者的纠正。然后在吉娣家的舞会上，安娜降服了伏伦斯基，破坏了吉娣和伏伦斯基之间本来也并不存在的婚约。这个可能的婚约只存在于吉娣和吉娣的母亲的心愿中，在伏伦斯基那方面是根本不存在的。是安娜心中的魔鬼在那个晚上完全没有必要地跳了出来。没有安娜的出现，吉娣和吉娣的父母照样要经历那场迟早会来的痛苦。因此，这个魔鬼来得太突然也太偶然了。但托尔斯泰往往会这样，更多的 19 世纪的作家也往往会这样，他们不回避人为的偶然性，他们认为小说正是要借助于偶然。他们也许是对的，正如今天的作家尽量把人为的偶然性排除在外也是对的。这是一种时代的氛围，其实与作家的技巧无关。

何况托尔斯泰非常反感所谓的技巧。托尔斯泰是一个信任思想、道德和宗教（在他自身所设定的宗教的意义上）的作家，他根本不屑于使用技巧。他甚至并不甘心情愿要当一个作家，尽管他早就知道自己作为一个作家的能力达到了何种层次。他在 20 多岁写出《童年 少年 青年》之后，他认为自己以此作品可与荷马比肩，在写出《战争与和平》之后他当然更是这样认为了。他真正想要扮演的是一个先知的角色。事实上他就是一个先知。先知就是只回答根本问题的人，就是超越了所有历史阶段的人，就是面向宇宙提问的人。

因为他们超越了所有的历史阶段，他们就只能站立在瞬间之上，站立在现在，而舍弃了过去、现在、未来这一可以安全来去的因果链条。站在他的瞬间之上，站在他的现在，托尔斯泰却为我们设想了永恒的家庭形态、理想的女性、人生的意义、宇宙的秩序。

安娜代表了现在的、最高的美，但她却不是一个理想的女性，而是一个犯了罪的女人。她的犯罪，首先是因为未经省思的激情，意即她受到了冲动的魔鬼的支配。其次是因为她的为爱情而爱情，她的爱情没有家庭的基础，因而是不被托尔斯泰许可的。第三，她的彼得堡的上流社会的环境只能造就她这样的女人，这样的爱情，这样的女性美，因为根本的美存在于道德的生活中，完全道德的生活不可能存在于城市中，而只能在乡村里，在自然中。因此吉娣才是理想的女性，她生儿育女，操持家务，全副身心都奉献给了家庭。她是《战争与和平》中娜塔莎的婚后生活的延续，又是现实生活中托尔斯泰的夫人索菲娅真实的影子。在这样的理想女性的行列中，是没有安娜的位置的。她必须走向毁灭，以便取得新生。第四，安娜在 18 岁的时候嫁给了比她大 20 岁的卡列宁，他们之间没有感情的基础，卡列宁又是一台刻板的官僚机器，因此安娜在遇到伏伦斯基之前她的内在的生命力无从张扬，她一直生活在压抑之中。这样的婚姻，在托尔斯泰眼中也是不道德的。因此一遇机会，安娜的生命力的张扬就成了必然。这是符合托尔斯泰关于生命的教义的。这就是为什么安娜的出路不是重返她与卡列宁的家庭，而是无可阻挡地走向毁灭。当安娜扑到火车第二节车厢（因为她错过了第一节车厢才转而瞄准第二节车厢的中间部位，这表示她是多么的义无反顾）中间的车轮下面时，“一个冷酷无情的庞然大物撞到她的脑袋上，从她背上轧过”。她说：“上帝呀，饶恕我的一切吧！”

这个“冷酷无情的庞然大物”就是不道德的城市生活，就是滚滚而来的现代化的车轮，就是上帝隐退之后从根本上没有了悲悯、没有了上帝的看顾的现代人的伦理道德。但是，安娜对这一切并不了然，她只知道她自己的罪，因此她说：“上帝呀，饶恕我的一切吧！”

但是，毁灭并非通往了死寂，而是为了达到新生。事件发生两个月后伏伦斯基沿着那条死亡的铁路去往前线，去参加即将发生的俄罗斯对土耳其的战争。在乡下，在列文的家里，人们发生了争论，争论这场战争的性质，以及人有没有权利杀人，民族主义名义下的和在民族主义煽动下的战争是否合乎道德。列文所持的观点正是当时的托尔斯泰的观点，这一观点后来发展成为举世皆知的托尔斯泰主义中的不以暴力抗恶的观念。

与此同时，争论尚未结束，吉娣在忙着侍弄她和列文的新生儿（他是新世界的萌芽），列文在屋檐下望着暴风雨后的星空，开始思索人生的意义。列文绝不能承认人生是没有意义的，如果真的是这样，那人生就是不值得过的。因为此前他已经怀疑到这一点，所以他藏起了所有的绳索，放弃了打猎，以防止自杀。托尔斯泰是善于运用重复的大师，在这里他又一次运用重复。安娜之死和列文的世界观的新生，正是最后的一对重复。这个重复是向着高点和光明的重复，因为死亡已经完成了，世界必须抬起头来。

是的，托尔斯泰不屑于使用技巧，他甚至不屑于弥补起承转合中的断裂。关于列文突然发生的对生活的意义的怀疑，他是这样交代给我们的：

> 列文这个身强力壮、家庭生活美满的人，竟几次想到自杀，他只得把绳子藏起来免得上吊，随身不带手枪免得开枪自杀。
>
> 不过，列文并没有开枪自杀，也没有上吊，而是继续生活着。[①]

列文对生命意义的紧张思索与安娜走向毁灭的急速步伐，形成了在双重情节的最高交合处对生与死这一主题的共奏。而在此之前他已经给出了我们动机，并把这一动机逐渐进行了加强。《安娜·卡列尼娜》著名的开头："幸福的家庭家家相似，不幸的家庭各各不同。"被认为是所有文学经典中最为大胆的一个开头，可能在很多人的心里不便明言的一点是：这个开头也未免太俗套了，而且实际上也没什么意思。但这是一个明确的动机，它直接指向了列文和吉娣终将建立起来的、处于俄罗斯广袤大地中央的那个庄园里的生儿育女的家庭；后半句话则马上就得到了阐述，这就是花花公子奥勃朗斯基的家庭。

奥勃朗斯基夫妇就像魔术师手中的那把空槌，凭空一甩甩出两条线来：一条是列文和吉娣纯洁的爱情和未来必将建立的

① 《安娜·卡列尼娜》，（俄）列夫·托尔斯泰著，草婴译，译林出版社 2014 年版，第 727 页。

理想家庭，一条是安娜和伏伦斯基的情爱纠缠。奥勃朗斯基夫妇和这两方都是亲戚，这使得这把空槌在未来的情节发展中不断地发挥作用，使得这两条河流不仅并行，而且交错。同时也使得他们自身的家庭生活成为两条主线之外的一条副线。这就是《安娜·卡列尼娜》的结构草图。在甩出奥勃朗斯基这把空槌之后，首先出场的是列文而不是安娜，这是因为列文的动机是好的；安娜的动机却是暧昧含混的，因为她所调解的家庭矛盾很难说是清白的，这就暗示出了安娜这个角色的性质，并且预示了她未来的走向。

由列文这一头，托尔斯泰逐渐地向我们展示出了农业、乡村、狩猎、劳动、外省政治、哲学、自然与生命等形形色色的主题；由安娜那一头，引出了现代爱情、上流社会、官僚政治、城市生活、艺术与审美、妇女的归宿、宗教等主题。在所有这些主题上，托尔斯泰都不惜笔墨，深入其中，进行了充分的描绘和探讨。两条主线始终是平衡的，一条副线起到了勾连的作用，各个主题散落在各处，氤氲璀璨，自在自足，世界的整体性面貌得以呈现。

这就是史诗：均衡，整体，客观，展示，与时间同步，以死亡和新生作结。

最终所有的主题聚合在生与死（在宇宙中）这一根本问题上，发出了交响乐最后的总结性轰鸣。

2018 年 10 月 26 日于兰煜花园

纳博科夫的蝴蝶

纳博科夫是一个拥有多重身份的人：首先从种族身份来说，他是一个1899年出生于圣彼得堡的俄罗斯人，但他19岁就离开了（永久地）俄罗斯——用他自己的话说，这是他人生的头一个20年；20岁之后他浪迹于英国、德国和法国——这是他的第二个20年；1941至1961年，即他的第三个20年，他移居到了美国，此后他以英语进行文学创作，并以一部长篇小说《洛丽塔》使自己蜚声天下，并使得他此前用俄语创作的其他作品也都进入了文学研究界和读者的视野；他的最后17年的生命过程是在瑞士蒙特勒完成的，他和妻子住在那里的一家著名的酒店里，直至1977年去世。这就是为什么他的作品的汉译本有的标明他为俄国作家，有的却标示他为美国作家的原因所在。

有关他的最权威的传记是新西兰传记作家布赖恩·博伊德撰写的《纳博科夫传：俄罗斯时期》（上下）[①]和《纳博科夫传：美国时期》（上下）[②]共四大册。其他为他写传和试图为他作传的还大有人在，但一是因为他对自己的私生活一向守口如瓶，

① 《纳博科夫传：俄罗斯时期》，（新西兰）布赖恩·博伊德著，刘佳林译，广西师范大学出版社2009年版。

② 《纳博科夫传：美国时期》，（新西兰）布赖恩·博伊德著，刘佳林译，广西师范大学出版社2011年版。

二是因为他活着时对他的传记作家的要求像对他自身的创作要求一样严苛，所以达到博伊德传记水平的并不多。他的自传叫作《说吧，记忆》[①]，这本书至少有四种汉译本，我读过其中的两种。《说吧，记忆》中的各章都是独立撰写和发表的单篇文章，写的时候也并没有遵守时间的顺序，只是到了成书时才按时间顺序进行了编排。这在他自己是极寻常的一个方法，他声称他的小说都是以卡片式写作来完成的，即一种真正的拼图式写作。这使人联想到他自小即喜欢做的，后来在侨居德国期间还曾用来填充报纸版面的一种或两种游戏方式：填字和拼图游戏。

然后我们来看看纳博科夫的其他各种身份：首先他是一个小说家，他写有长篇小说和短篇小说数十种——这是他最重要的一个身份；他是一个诗人，15 岁即完成了第一部诗集，晚年仍以俄语写诗，同时他对诗歌一向有自己独特的见解，如他认为艾略特不是一个一流的诗人，而庞德则肯定是二流的；他是一个散文作家，他的自传《说吧，记忆》无疑开创了同类作品的一种新风格，并影响到后来的写作者；他是一个剧作家，他写有话剧，并亲自为库布里克执导的由他的小说《洛丽塔》改编的同名电影撰写了电影剧本；他是一个独具特点的文学教授，由他的教案编辑成的《文学讲稿》等著作中充满了对他所中意的各种文学名著的独特的讲解，他尤其注重指引学生认识小说中细节的意义，比如《安娜·卡列尼娜》中安娜乘坐的那列火车的诸多细节，卡夫卡的小说《变形记》中的格利高尔变成了

① 《说吧，记忆》，（美）纳博科夫著，王家湘译，上海译文出版社 2009 年版。

一只甲虫，那到底是一只蟑螂还是甲虫？如果是甲虫又是一只什么样的甲虫？以上各种，即小说家、诗人、散文家、剧作家和教授可以统称为是纳博科夫的文学身份。

然后是他的并不一定逊于第一种的第二种身份。他是一个一流的鳞翅目专家，具体说是一个蝴蝶专家，更具体说是蝴蝶中的一种即眼灰蝶专家。范围扩大一些，这个领域是博物学或分类学领域。在这一领域中，他绝非一个无足轻重的小角色。上面说他是一个“一流的鳞翅目专家”，这一结论是由非常慎重的博物学家们作出的。他在这一领域的成果是在他死后才得到承认的。他在这一领域的成果（对蝴蝶分类群的描述）有数十种，他的这些成果有的以他本人的名字来命名，有的以他作品中的人物来命名（来自《纳博科夫的蝴蝶：文学天才的博物之旅》[①]）。非常有意思的一个事情是，在写出《洛丽塔》之前，纳博科夫只是一个普通的生活并不十分充裕的文学教授，有一次为了外出看蝴蝶他求助于他的一个学生，让她开车载着他们夫妻二人一同前往，结果那一次他发现了一个蝴蝶新种，为了感谢这位学生，这个蝴蝶新种就命名为她的名字了。

对蝴蝶的爱好，或者大而言之，一种博物学的爱好，对我们来说是太稀罕，甚至是不可思议的，因为博物学并非一种严格意义上的科学，或至多是一种准科学，它当然也并非一种艺术，亦非智力游戏或体育运动，一个人（此人有着纳博科夫般的高超的智力）终其一生，矢志不移，探索，沉迷，或沉醉于此，

---

① 《纳博科夫的蝴蝶：文学天才的博物之旅》，（美）尔特·约翰逊和史蒂夫·科茨著，丁亮、李颖超、王志良译，上海交通大学出版社 2016 年版。

到底是为了什么呢？这极有可能是一个没有答案的问题。但是，从另一方面看，如果没有这些人，没有这样的博物学的热情，自然（宇宙）在人类眼中的构成、色彩和细节不是就会全然不同吗？没有法布尔，成人和儿童眼中形形色色的昆虫会是今天的样子吗？况且，纳博科夫对蝴蝶的爱，如他对文学的爱一样，是始自童年的，他的童年之爱贯穿了他的一生，这样他的生命的完整性和连续性就胜过了其他人。他从 19 岁横遭社会历史之变乱，整个家庭一夜之间被剥夺净尽，从一个延续多代的贵族温柔之家被抛入流亡生活，他终其一生没有再回到过祖国，他可以携带在流亡途中的东西有：童年之爱，语言，文学。除此之外，他没有任何其他财产，而且他自小就培养起了蔑视物质财富的观念——离开俄国之后不论在欧洲还是美国，他和他的家庭从未有过固定居所；他的父亲在他 22 岁时即被暗杀身亡。

他的确出生于一个真正的贵族之家。他的祖父曾任沙皇的司法大臣；他的父亲是法学家和政治家，曾任克里米亚的司法部部长。童年和少年时代他家中的仆人多达 50 多人。他的家庭是俄国最早拥有汽车的家庭。负责他和弟妹们教育的家庭教师走马灯般轮换，为的是让他们学习多种语言并接触多样的文化背景，这些家庭教师中有著名诗人和各类专家。纳博科夫自始即接受英、法、俄三种语言的教育，在能够熟练地说俄语之前他就能够熟练地说英语了。他的蝴蝶爱好开始于 5 岁左右，使这一爱好成长为一种科学兴趣的一个最早的缘由，是他发现了家中众多藏书中有一箱子关于蝴蝶的书。9 岁的纳博科夫认为自己发现了一个新的蝴蝶种群，于是写信给当时俄国的一个著名鳞翅目专家，要求他的确认，他得到专家的一封过于简洁的否定性的回信之后，他又发现专家在某篇文章中嘲笑了这一“小学生的发现”，这使他的自尊心受到刺激并因此而被大大地激发起来。他9岁时在自家庄园里产生的雄心在40多年后的美国的一座大山上得以实现。他自身也幻变成为一只人所未见的文学蝴蝶，被以著名的美国文学评论家威尔逊和著名作家厄普代克为代表的美国文学界发现和认可。这个高傲的贵族作为一个追逐蝴蝶的作家被公认为二十世纪最重要的小说家之一，而且还被公认为是一个独特的文体家。

纳博科夫作为一个作家的起源和他作为鳞翅目专家的起源是一样的，都起自他的安逸幸福，充满母爱，文化资源异常丰富，自由放任和骄傲的童年时代。

> 在十到十五岁期间，在圣彼得堡，我读的小说和诗歌——英语、俄语和法语的——肯定比我一生中其他任何五年读的都要多。我尤其喜欢威尔斯、坡、勃朗宁、济慈、福楼拜、魏尔伦、兰波、契诃夫、托尔斯泰和亚历山大·布洛克的作品。在另一层面上，我的英雄是……①

这是纳博科夫在他的访谈录《独抒己见》中回答某个访谈者时说的话，他指“在另一层面上，我的英雄”是一些科幻小说和侦探小说中的主人公，如福尔摩斯一类。但他又说过，另

① 《独抒己见》，（美）纳博科夫著，唐建清译，浙江文艺出版社2012年版，第43页。

一层面上的英雄后来有所褪色，而上述的作家在他心中则始终如一。这里可以看出他的文学起源的两个源头。加上蝴蝶，就是三个主要的源头了。

贵族之家的不可思议的阅读情景还有：

> 童年时期，我是一个酷爱读书的孩子。到十四五岁的时候，我已经用俄语读了或重读了全部的托尔斯泰作品、用英语读了全部的莎士比亚作品、用法语读了全部的福楼拜作品——还有数以百计的其他作品。①

注意，这是20世纪初期俄国贵族家庭（具体说是自由派或西欧派贵族家庭）内部的一种日常的文化现象，这个时间点过后，此类文化现象便再无复现的可能。

蝴蝶的翅膀在此时扇动了，便不能在彼时扇动。

蝴蝶飞走了。蝴蝶的每一次飞动都带来不同的时空。1941年纳博科夫移居美国之后，他决定改用英语进行文学创作。尽管英语是他最早学会和使用的语言，但它不是母语，与母语分离带来的撕裂的痛苦，使得如纳博科夫这样超然的人也对此无法释怀。

> 我从俄语写作彻底转向了英语写作，这一转向是极为痛苦的——就像在爆炸中失去了七八根手指，要重新学习

① 《独抒已见》，（美）纳博科夫著，唐建清译，浙江文艺出版社2012年版，第47页。

拿东西一样。[①]

他这样的表述不止见于一处。这是这个绝不妥协的精神贵族向世界作出的极少数的妥协之一。他的绝不妥协的表现之一，是他对已经被公认的经典作家们的看法始终不被这个世界所左右。在他的口头和笔下，包括托马斯·曼、福克纳、海明威、康拉德、艾略特，甚至包括陀思妥耶夫斯基在内的许多人们眼中的伟大作家，都被他贬为了二流作家。他心目中20世纪的伟大的文学寥寥可数，其中确定可数的有：乔伊斯的《尤利西斯》、卡夫卡的《变形记》、安德烈·别雷的《彼得堡》和普鲁斯特的《追忆逝水年华》的前半部分。

另外，他与这个世界达成的另一妥协是，他终于放弃只做一个鳞翅目专家或某个大博物馆中的鳞翅目部主任的理想，而同时也做了一名小说家，使得我们可以读他。

2018年1月29日凌晨4时于兰煜花园

① 《独抒己见》，（美）纳博科夫著，唐建清译，浙江文艺出版社2012年版，第56页。

奥斯丁的世界

除非在习俗和礼仪中，
天真和美丽怎能诞生？

——叶芝

简·奥斯丁（Jane Austen，1775 年 12 月 16 日—1817 年 7 月 18 日）是距今 200 多年前的一位英国女小说家。她的人生虽短至只有 41 年多，而且其中 25—35 岁的十多年时间里近乎搁笔，但她却留下了 6 部完整的长篇小说。这 6 部小说，几乎部部都是佳构。

中国读者最熟悉的，也是为她赢得最广泛声望的一部小说，是《傲慢与偏见》。

以近乎搁笔的十多年时间为分水岭，奥斯丁的创作分为前后两个时期，前期的三部长篇小说是《理智与情感》《傲慢与偏见》和《诺桑觉寺》，后期的三部长篇是《曼斯菲尔德庄园》《爱玛》和《劝导》。在这六部长篇中，究竟哪一部代表她的最高创作水准，众说不一。在一般读书界，名气最大的显然是《傲慢与偏见》；在专业读者中，后期的三部小说，都以不同的理由得到了不同的权威人士的推崇，比如近年来在中国读书界走红的美国文学教授哈罗德·布鲁姆选择《劝导》作了评论，法国《读书》杂志的《理想藏书》则把《爱玛》排在了“英国文学书目”的第一位，而在近乎疯狂的“酷评家”纳博科夫的《文学讲稿》中，第一课讲的是《曼斯菲尔德庄园》。他之所以做此选择，又是听从了美国著名评论家威尔逊的建议。因为纳博科夫要在康奈尔大学开设欧洲小说课程，而向朋友威尔逊请教他应该选择哪两个英国作家，威尔逊给出的建议是，“两位无可比拟的最伟大的（乔伊斯是爱尔兰人，故不在此例）小说家是狄更斯和简·奥斯丁”。他甚至说，“简·奥斯丁的作品值得全部重读一遍——即使她的小作品也是出色的”。威尔逊最终说服了对女作家抱有严重偏见的纳博科夫，使得《曼斯菲尔德庄园》进入了只包括有福楼拜、普鲁斯特、卡夫卡和乔伊斯等七位作家的《文学讲稿》。

对于简·奥斯丁的看法上的分歧的确是存在的，赞誉她的评论家盛赞她是“散文中的莎士比亚”，非难她的人则说她“全然不知激情为何物”。但历经200多年，她愈来愈成为一个巨大的文学存在，遍布世界各地的一代又一代的“简迷”们的热情不减，她的多部作品被改编为不止一个版本的影视剧，并进而引起了更多的热情，则是不争的事实。同时，评论界和文学教授们对她的研究和探讨也从未止步。

话虽如此，当你当真打开一部奥斯丁作品，想要触及她的“核心价值”的时候，还真的是需要一些耐心的。但当你一番跋涉（有时是长久的跋涉），掩卷之后，你会感觉到，自己还是或多或少得到了报偿的。

首先，那种老英国范儿，你在任何一个其他的英国作家的笔下都是看不到的。这里的老英国范儿，指的是奥斯丁时代，即 18 世纪末至 19 世纪初，英国的乡绅、贵族家庭生活中的礼仪、习俗、道德风范，等等；

然后，你会觉得，只有乡村的英国，才是真正的英国：英国生活的精髓，包括它的道德精髓，存在于各个不同的庄园，以及那些庄园的美景之中——这也许还是英国区别于世界上任何其他国家的一大特点。

既然我们是在谈论长篇小说，就不能不说这些小说的文本特点：

奥斯丁的小说中没有任何一丁点的传奇性——而这正是狄更斯和康拉德小说中绝不缺乏的东西，但这并不意味着她的小说缺少戏剧性。她展示给我们的正是英国乡绅、牧师和贵族家庭日常生活中的戏剧性。在高潮或转折关头，或者在某些“反面”人物的身上，奥斯丁有时甚至会为这些日常生活的戏剧抹上一丝“邪恶”的色彩，成为这些小说的现代之眼，或小说之盐。

奥斯丁的自然、丰富，同时又精微到令人赞叹的小说对话，更是在其他作家那里看不到的一种景致。奥斯丁小说中的人物对话仿佛深藏着奥秘。无论是《傲慢与偏见》中势利的班纳特太太，还是《爱玛》中饶舌到令人无法忍受的贝茨小姐，或是《曼斯菲尔德庄园》里偏心、冷酷、多嘴的诺里斯太太，这些被讽刺的对象，虽然每一开口都说的是平凡至极的相似的话语，但却总能引起我们的兴味。这些对话成为编织物的至关重要的经纬。

奥斯丁小说的情节设置，亦绵密有致，几无疏漏——这是她作为一个大作家，横看成岭侧成峰的丰仪之美。她的小说的结局几乎都是大团圆的——因为她写的是喜剧，却又都是出乎意料的，而且是含有经过审慎衡量的道德赏罚的，尽管这一点为现代的读者所不喜。

奥斯丁小说的结构似乎还有一大特点，就是它的高潮部分往往处于小说的中间部位，或是稍稍偏后的部位，这个高潮就显得像一座山的山峰那样，向着两面的山体辐射和俯瞰下去。但这个高潮不仅是情节，它还是一个"问题"，或是对一个"问题"的戏剧性展示，而且，这个"问题"在整个小说的明朗的基调之上显出了一定的"黑暗性"。这是她的小说结构特别有趣和有意味的一点。这一点或许是因为我们作为现代读者的注意力和倾向性所致，也未可知。

比如，在《曼斯菲尔德庄园》中，"家庭演剧"的情节就具有高潮性。但随着父亲托马斯爵士的突然提前归来，演剧被迫中止。然后，情节继续。但我们作为读者却被搁在了一个暗黑的山峰上，心中一片茫然。虽然我们还在随着人物的继续行动而行动，但我们却心里明白，"高潮"已然过去，剩下的只不过是解决"问题"而已。这样我们就不得不和作家一起探寻问题的答案，一起寻找下山的路。

奥斯丁小说中还有比较现代小说来说是直白的心理描写，但她的直白却并非简单，甚至其中还往往有一些圈套。比如在《傲慢与偏见》中，达西第一次向伊丽莎白求婚遭拒，离开以后，剩下伊丽莎白一个人在屋子里：

隔了一忽儿，伊丽莎白就听到他打开大门走了。她心里纷乱无比。她不知道怎样撑住自己，她非常软弱无力，便坐在那儿哭了半个钟头。她回想到刚才的一幕，越想越觉得奇怪。达西先生竟会向她求婚，他竟会爱上她好几个月了！竟会那样地爱她，要和她结婚，不管她有多少缺点……这真是一件不可思议的事！一个人能在不知不觉中博得别人这样热烈的爱慕，也足够自慰了。[①]

在此之前，她是恨达西的，并且完全想不到达西对自己抱有爱意，现在这个强大的傲慢的男人却突然来向她求婚了，引起她上述的复杂的心理反应。那么，这些心理反应有些什么含义呢？

“她心里纷乱无比”——说明她的堡垒并非完全坚固？

“她非常软弱无力”——说明她渴望再次受到爱的攻击？

“不管她有多少缺点”——意识到自身的缺点，意味着下一步的爱的屈服？

这些心理描写既是准确的，又是有预示性的——预示了小说未来的发展。但我们在初读小说时并不能完全看出这一点，只有在重读时才能领略其精妙。

优秀作家的小说构思和布局，就是如此地体现在了作品的每一段和每一句中，如此地步步藏有“机心”，周密到无懈可击。

至于奥斯丁的善于刻画人物性格，那更是有口皆碑，并且

① 《傲慢与偏见》，（英）简·奥斯丁著，王科一译，上海译文出版社2010年版，第220页。

是一目了然的事实。因为她写的是平常生活中的平常人物，要写出他们之间的区别，本来殊非易事，但她却写出了绝不容混淆的众多人物。这些人物本来是消失在人群中的人，当他们走过奥斯丁的笔下，就成了一直活着的文化经典。《傲慢与偏见》中的达西据说至今仍是最受英国女性青睐的男士形象。

奥斯丁小说结构的独特之处还在于，她的结构本身被赋予了思想的和道德的含义。这一点并非所有的评论家都注意到了。纳博科夫就认为，《曼斯菲尔德庄园》中，女主人公芬妮前去朴次茅斯她的亲生父母家住的那一段时间，是奥斯丁溢出自身的风格，写得像后来的狄更斯一样，是对整体结构的一个损害。但另一评论家特里林不这么认为，他发现了"曼斯菲尔德庄园"作为书名和作为中心意象的特殊思想含义："曼斯菲尔德不仅是伦敦的对立面，也是芬妮家所在的朴次茅斯的对立面。"

芬妮发现，她的亲生父母的家肮脏破败，缺乏亲情，没有秩序，吵吵嚷嚷，乱成一团，完全没有清洁、安宁和礼貌，有的只是混乱和粗俗引起的痛苦和不适，而且父母早已忘记了她，对她非常冷漠，"根本没有要恢复骨肉关系的愿望"，于是芬妮怀念由姨父、威严的托马斯爵士统治下，曼斯菲尔德的秩序、安宁和温情，她终于明白："朴次茅斯是朴次茅斯，曼斯菲尔德才是家。"

虽然曼斯菲尔德也有它可讽刺的一面，那里有懒散的伯特伦夫人和总不忘记对她加以迫害的诺里斯太太，托马斯爵士的统治也并非无可非议，但相比已经开始道德沦丧的伦敦和乱糟糟的朴次茅斯，曼斯菲尔德可算得上是一个次一级的理想之地，何况芬妮终究还要在那里获得她的爱情，走进她和所爱之人埃德蒙的婚姻。

这是奥斯丁开始在她的小说中严肃地考虑世俗社会中女性的个人命运和归宿问题。她用的是喜剧的笔调和喜剧的模式，但她把她的讽刺用于了道德的目的，她以一种严正而又全面的道德观念来构筑她的小说，谴责和褒扬她的人物，并为他（她）们安排他（她）们各自应得的位置，正如英国当代小说家和批评家瓦尔特·艾伦所论：

> 很少有人具有她那样的18世纪严峻的思考力、严格的价值标准以及奇妙地对形式的敏感，确切地说，她的影响是间接的、分散的，她已成为一个用于衡量小说家成就的永恒的标准。

威尔逊说的就更为斩钉截铁了，他说：

> ……唯独莎士比亚和简·奥斯丁经久不衰。

总之，在奥斯丁的喜剧世界里，既有对文学之美的极为全面的考虑，也有着在现代人身上已经流失的庄重的道德感。这里的道德感指的是对我们所存在于斯的这个世界的一种全面而深远的忧虑。

2018年10月8日于兰煜花园

本雅明的爱情

认识一个人的唯一方式是不抱希望地去爱那个人。

对于爱着的人来说，被爱的人总是显得那么孤独。

在被爱的人身后，性欲的深渊就像家庭的深渊那样闭封着。

——本雅明《单行道》[1]

在他的断想集《单行道》中，本雅明有关爱情的孤岛式话语，有一句是这样的：

相爱的两个人在一切之中最眷恋的是他们的名字。

阿多诺认为这是一个“被从日常观察中剔除了出去”的洞察，因而有着一种“悲哀的真实”。本雅明的这一思想方法至今未被广泛应用，则是我们的“悲哀的现实”。

我们是否可以把这句话尝试着“修改”一下，用来指谓读

① 《单行道》，（德）瓦尔特·本雅明著，王才勇译，江苏人民出版社2006年3月第1版，第82、83页。

者与作家之间的关系，比如是否可以“修改”为：

> 读者最迷恋的是他所迷恋的那个作家的名字——？

这是因为，蕴藏于一个作家的复杂性和深邃性大于任何针对他（她）的评论和描述，在一切之中，只有他（她）的名字可以天然而又完美地将其涵盖为一个独一无二的，永久珍藏的，散发出特定气息的载体。我觉得至少对于本雅明本人这是适合的。很多人读过汉娜·阿伦特关于本雅明的那篇著名的文章，并对下面的这段话印象深刻：

> 如果把他（本雅明）完全说成是我们通常的框架里的作家，就得做出许多否定的陈述，例如，他是极其博学的，但他不是一个学者；他的研究对象包括文本及其解释，但他不是语言学家；他不是对宗教而是对神学以及把文本神圣化的神学式解释所吸引，但他不是神学家，他对圣经不那么感兴趣；他是一个天生的作家，但他的最大雄心是创作一部完全由引文构成的著作；他是一个翻译普鲁斯特（与弗朗兹·赫塞尔合作翻译）和圣琼·佩斯的作品的人，此前他还翻译了波德莱尔的《巴黎风情》，但他不是翻译家；他撰写书评，写了一系列关于活着和已故作家的论文，但他不是文学批评家；他写了一部论述德国巴洛克戏剧的著作，还留下了一个关于19世纪法国的未完成的宏大研究，但他不是历史学家，等等。我想把他说成是诗意地思考的人，

但他既不是诗人，也不是哲学家。[1]

这是一段关于本雅明的被引用最多的评论，但对于熟悉本雅明著作的读者来说，这段已经是极其精当的文字不仅不能完全概括“本雅明”这个名字，甚至，在这个名字的光照下，人们马上就可以感觉到还有极其广阔的探照灯之外的黑暗区域存在。比如，本雅明的爱情，就未曾在这段评论文字中以及在其他有关的论述中被照亮过。这当然也因为爱情本身有着暗黑的不透明性质。但爱情之于本雅明不仅不是不重要的，甚至重要到曾经决定或影响过他的思想的走向，比如，本雅明对于马克思主义的亲近就直接来自他的情人阿斯娅·拉西斯的影响。本雅明一生中有过多次爱情，这并不足为奇，奇怪的是他是一个容易受到情人影响的人，实际上他还是一个容易受到其他朋友思想影响的人。容易受人影响，这是本雅明的一个特征。影响过他的人可以列一个名单：剧作家布莱希特、阿多诺等法兰克福社会研究所成员，比他年轻得多的犹太朋友肖勒姆，还有上述他的情人、“女革命家”拉西斯，等等。

受来自自身之外的其他人和事的影响和牵绊，甚至是甘愿受其牵绊，这仿佛是一种“忧郁者”“弱者”“失败者”自我确证的敏感及其惯性。但本雅明所钟情的卡夫夫、普鲁斯特等其他的“失败者”，并无这一特征。桑塔格说：

---

① 转引自刘北成著《本雅明思想肖像》，上海人民出版社，1998年4月第1版，第219—220页。

本雅明把他自己、他个人的气质，投射到了他所关注的全部主要对象之中。……他从关注的对象中看到了与自己契合的东西。[①]

这些对象既包括精神的对象，如卡夫卡、普鲁斯特和马克思主义等，也包括物质的对象，如城市、街道拐角、拱廊街、内阳台、收藏物等等，还包括这二者之间的连接者，如“闲逛者”形象和超现实主义梦象等。

本雅明在《论卡夫卡》一文的结尾这样写道：

要恰如其分地看待卡夫卡这个形象的纯粹性和它的独特性，人们千万不能忽略这一点：这种纯粹性和美来自一种失败，导致这种失败的环境因素是多重的。我们禁不住要说：一旦他对最终的失败确信无疑，每一件在途中发生的事情都如同在梦中。再没有什么事情比卡夫卡强调自己的失败时的狂热更令人难忘。[②]

本雅明自己也是一个“对最终的失败确信无疑”的人。1940 年 9 月他在法国和西班牙边境的自杀，看似是被西班牙警察不许他越境逃往美国，因而导致他会被遣返并可能最终进入

---

① 苏珊·桑塔格《〈单向街〉英文本导言》，引自《本雅明：作品与画像》，文汇出版社 1999 年第 1 版。

② 《启迪：本雅明文选》，汉娜·阿伦特编，张旭东、王斑译，生活·读书·新知三联书店 2008 年 9 月第 1 版，第 155 页。

纳粹的犹太集中营这最后一根稻草压垮的，实际上却是他早已有自杀的思想准备，因此他能够在弥留之际对自己的死亡作出安排：他让外界说他是因病而死的。所以，他的朋友、剧作家布莱希特在悼亡诗中写道：

……你洞若观火

于是把会被曲扭的肉体毁灭。[①]

他终于也像卡夫卡一样，在强调自己所确信无疑的最终失败时表现得如此狂热。

实际上，在他的意象式的唯物主义，他的巴黎拱廊街研究计划，他的《单行道》和《驼背小人》中，到处都可以看到他把自身投射到对象之中的忧郁的热情。这是浪漫主义的移情能力加马克思主义的唯物主义再加上超现实主义的梦象解放等等，而形成的一种独特的思想图景及其能量。

在本雅明的爱情、婚姻和家庭关系中，也同样可以看到他把自身投射到对象之中的忧郁的热情，而且就像散布在他的《单行道》和《驼背小人》中的诸多意象一样，他让他的爱情自己说话和存在，而他本人则是爱情图景中的一个“人物”，这个“人物”几乎是在盲目而又绝望地向着爱的对象发起一次又一次无力的冲击，并最终失败了。

我说的是由他自己记录在《莫斯科日记》中的他和共产党

---

① 《本雅明思想肖像》，第216页。

人、女革命家阿斯娅·拉西斯的两个月的爱情，准确说是他专程来到莫斯科，展开的对拉西斯徒劳无功的，如同卡夫卡小说人物那样的，盲目、迷乱而又笨拙的追求过程。我们知道，卡夫卡小说中的主要人物一般都有着在梦境中似的清醒的使命感，而围绕在主要人物身边的次要人物则通常具有一种机械的、喜剧性的笨拙，这二者之间的互动形成了"飞矢不动"的黑暗命运。在《莫斯科日记》中，本雅明的清醒的爱的使命感亦被他自身的机械的、喜剧性的笨拙所环绕，形成了一个秘奥诗一般烟雾缭绕的暗黑的爱情中心。《莫斯科日记》是一本奇怪的书，本雅明对拉西斯的追求是一段奇怪的爱情。

《莫斯科日记》记录了本雅明 1926 年 12 月 6 日至 1927 年 1 月底近两个月时间在莫斯科的活动情况。一方面，他尽其所能地奔走在冰雪覆盖的莫斯科的大街小巷，以便为柏林的某家杂志"描述"共产主义莫斯科的"革命事实"；另一方面，他几乎总是精疲力竭地赶着趟参加莫斯科的各种各样的文艺活动，特别是看戏和看电影；然后，他还要为苏联的百科全书撰写有关歌德的词条，为此他需要会见文艺界的官员；贯穿在所有这些活动中的一条主线则是他对拉西斯的不懈追求。

这一年的本雅明 34 岁，虽然婚姻情况不好，但却并未离婚。而这时的拉西斯不仅也有婚姻，同时还有一个早于本雅明的情人，而且这个情人还是本雅明的朋友，两人隔三岔五地在同一个旅馆房间里工作和睡觉，本雅明参加的莫斯科的文艺活动大多由此人介绍和带领前往。在这种情况下，两位情敌却心照不宣，对此一言不发。在与拉西斯的关系上，这位先到的情人无疑享有优先权，实际情况是多年之后两人双双从斯大林的监狱出狱之后，拉西斯最终嫁给了他。这样，本雅明就只能见缝插针地实施他的爱情行动。但他的热情丝毫不减，正如他在《单行道》一书中所写：

认识一个人的唯一方式是不抱希望地去爱那个人。

《单行道》中的另一段话可以视作他的爱情方式：

恋爱中的人不仅迷恋钟情之人的“缺点”，不仅迷恋一位女人的怪癖和弱点，而且恋人脸上的皱纹、痣、寒酸的衣着和有点倾斜的走路姿态，都会远比任何一种美更持久和更牢固地吸引着他。……我们的感知深为倾倒地就像一群小鸟一样地在那女人焕发的光焰中盘旋不已，并且就像小鸟在树上枝繁叶茂的隐蔽处寻求庇护一样，我们的感知也会遁入我们所爱之人的身体上的皱纹、笨拙的动作和不大引人注目的粉刺之中，它们在这里能够踏实、安然地自在。任何路人都不会猜到，正是在这个地方，在有缺陷和易受指责的地方，爱恋的飞矢营巢而居。[1]

这种对爱情的洞察本就来源于他与拉西斯的爱情。这可从《单行道》的题词看出：“正是拉西斯宛如工程师一般使‘这

① 《单行道》，第18—19页。

条街整个地穿过作者’，她给作者指明了一条政治上的不归路。”这条“不归路”——亦即“单行道”，指的是这位“女革命家”所给予他的马克思主义影响。

这就是本雅明式的爱情：一方面是梦幻般的心醉神迷，执迷不悟，一条“单行道”走到黑，另一方面是在梦幻中洞察在日常观察中所看不到的爱情“真实”。正如他的另一格言：“在持续不断的观照下，一件艺术作品的效力会得到提升。”在持续不断的爱中，爱的效力同样也会得到提升。本雅明凝视着他的爱人，他自己却得不到相同的注视，但他却丝毫也不抱怨他的爱得不到回报，因为在他心醉神迷地注视着她的时候，他已经从她的上方“展翅飞了过去”。

在《莫斯科日记》的最后一篇日记中，本雅明带着未曾得到的爱情，将要离开在政治上也令他失望的莫斯科。他是这样走的：

> 箱子放在膝盖上，我含着眼泪坐雪橇穿过暮色的街道来到火车站。[①]

这一天是 1927 年 2 月 1 日。他带走了爱情的梦幻和人所未见的“爱情意象”，同时还有关于莫斯科和关于他自己的政治前途的事后证明是富于远见的政治判断。

进入 30 年代，他从纳粹猖獗之下的德国被迫踏上流亡之路。

---

① 《莫斯科日记·柏林纪事》，瓦尔特·本雅明著，潘小松译，东方出版社 2001 年版，第 164 页。

此时他爱上的是“十九世纪的首都巴黎”，他沉迷于巴黎“拱廊街研究计划”达13年之久。他发现、发明并亲身体验了“城市闲逛者”这一现代美学形象。但他未能整体地完成他的“拱廊街研究计划”，并为此付出了自己的生命。他成为欧洲文化史上又一个如他所钟情的波德莱尔、普鲁斯特和卡夫卡一样的纯粹而又完美的“失败者”。

2018年4月5日写于兰煜花园

波德莱尔的诗和他的形象

有人曾不无夸张地说，所有热爱文学的人，都在其人生的某一阶段爱过波德莱尔；其中大多数的人，更是通过波德莱尔才走出了自己的童年。我的情况与此有若即若离的吻合。我是20多岁才读到波德莱尔的。我把自己对波德莱尔的迷恋视为一种青春期病症，而病根儿正在于对行将隐没的童年乐园的返视，抑或是对未曾有过的童年的一种诗歌的补偿；也许在弗洛伊德主义者看来，还不无宽泛意义上的“恋母情结”。

波德莱尔给予了世界以性感。那远非我们的世界，但却可以对我们的世界进行象征、暗示和颠覆，因为我们的世界也同样有黄昏、女人、花朵、街道。在那里，色、香、味、触等各种感觉不再是飘忽不定的，而是经由波德莱尔式的奇妙手段得到了固定和延伸，成了世界的性质和它的建筑材料；女人成为世界的神秘的中心——正如童年的我早已隐隐约约认识到的那样，女人不止是一种生物，她乃是一种创世的源起，如果我不能接近和进入她，我就永远不知这世界因何而起，永远是中心之外的一个过客，不能目睹和触及世界中心的壮丽辉煌，以及它那不可言说的质感和包容性，我就是悬挂在世界边缘的一个可怜的缺着一半灵魂的半生物。是波德莱尔，用一本书将“一朵奇花”似的世界中心推到我的面前，展示出了原本是凝滞不动的物质世界的生动的、华丽的、精神的节奏，并将我带入了其中。波德莱尔就这样将20多岁时的我带出了童年。那是一个幼稚的、躁动的，尚未确立感知方法的，在世界的门外玩泥巴的小巨人。他不知该将眼睛望向何处，手伸向何处，鼻子嗅往何处。此时，他终于凝定为一体，可以动用他的感知，为世界唤来春天了。

这就是波德莱尔之于我的意义。

我读的是钱春绮先生翻译的《恶之花》和《巴黎的忧郁》——我通过《恶之花》而形成的对钱春绮先生的信任，亦兼及他翻译的歌德、尼采等。当我重新打开《恶之花 巴黎的忧郁》时，我发现这种重逢显然已经失去了初出“童年”时的新奇、憧憬、激动和浪漫之情，而多了几分审视、挑剔、求证，甚至沮丧的心情（对于此生终于不能学会法语，因而无法仔细求证的沮丧）。但我同时又发现，尽管难免挑剔，但我对译本可能的瑕疵却仿佛也同样地充满了爱意，就好像这个译本也有属于我的一份。这种感觉当然荒唐、荒谬，只宜于自己消除了事，而不必公布出来，但又觉得这是阅读的一个教训，亦不妨一说，以引起注意。

我后来又读到波氏的散文《人造天堂》《我心赤裸》和评论集《1846年的沙龙》。伴随我时间最早并且也是最久的一个版本，是一个64开袖珍版的《恶之花选》。这个“口袋书”是1987年由人民文学出版社出版的，译者当然也是钱春绮先生。这个小书做得非常讲究，封面为塑封铜版纸，封面画是一幅叫作《镜前的妓女》的油画，画家为法国的鲁奥，画风相当大胆——以80年代的标准看更是超乎大胆了。封面勒口简介中引用了兰波的名言："波德莱尔是最初的洞察者，诗人中的王者，真正的神（上帝）。"——这段话在当时肯定震撼过我。

但我总是越过封面直接打开中间的某一首诗，比如《阳台》：

我的回忆之母，情人中的情人，
你赢得我的全部喜悦！全部敬意！
请你回想那些抚爱的优美温存，
那炉边的快慰，那些黄昏的魅力，
我的回忆之母，情人中的情人！[①]

我是吟诵还是默诵这首诗——或袖珍本中的任何其他一首诗，当视时机而定。如果有我认为合适的伙伴在场，我是会念出声来的，但我的朗诵总是不会取得预期的效果，总是被我的伙伴（们）无情地打断了。如果我想再朗诵另一首，比如《异国的清香》：

当我闭上双眼，在暖秋的晚上，
闻着你那温暖的乳房的香气，
我就看到有幸福的海岸浮起，
那儿闪耀着单调的太阳光芒。[②]

---

① 《恶之花　巴黎的忧郁》，（法）波德莱尔著，钱春绮译，人民文学出版社 1994 年版，第 83 页。

② 《恶之花　巴黎的忧郁》，第 58 页。

结局仍是一样的，就是我的朗诵仍然会被打断、阻止，甚至被嘲笑。

所以，大部分时候我只有一个人独享我的波德莱尔。

我最喜爱的还有一首叫作《遨游》的，其开首是：

好孩子，小妹，
想想多甘美，
到那里跟你住在一起！
在那个像你
一样的国土里，
悠然相爱，相爱到老死！
阴沉的天上，
湿润的太阳，
对我的心有无限魅力，
多神秘，像你
不忠的眸子
透过泪水闪射出光辉。

那儿，只有美和秩序，
只有豪华、宁静、乐趣。[①]

《阳台》中歌咏的女性为让娜·迪瓦尔。她是与波德莱尔

① 《恶之花 巴黎的忧郁》，第121页。

相爱、同居时间最久的一位女性，她被认为近乎是一个妓女，波德莱尔与她的爱情最终转化为夹杂着爱情回忆的慈悲之爱。上面所引第二首《异国的清香》，也是为让娜·迪瓦尔而作，但其中有对诗人一生中唯一的一次旅行的回忆——这次旅行中所见到的热带风光成为波德莱尔诗中永恒的异国形象。“在暖秋的晚上”，“闻着你那温暖的乳房的香气”——诗人来到既是回忆又是幻想（亦即既是过去又是未来）的热带海岸；“你的香气领我到迷人的地方”——情人身上散发着的“香气”，成为此刻的、存在的、连接过去和未来的导航。有意味的是，并非因为她的美丽、善良、贫穷，或者智慧，而是因为那股“香气”，诗人就得以遍游存在的家园。波德莱尔善用各种香气、香味、芳香、清香、发香、芬芳，来浸染、渲染他的不如意的悲惨的现实之“美”，“恶之花”。他甚至可以驾驭这气味，超越于现实之上，达到他本身的精神性。正如他在《头发》一诗中的供述：

像别人的精神飘在乐曲之上，
爱人啊，我的精神在你的发香上荡漾。[①]

“别人的精神飘在乐曲之上”，是因为乐曲是抽象的、观念的、无形的、传统美的；“我的精神在你的发香上荡漾”，是因为发香是具体的、当下的、有形（味）的、驻留的、弥漫的、

① 《恶之花　巴黎的忧郁》，第59页。

飘忽的。这是浪漫主义与象征主义的区别之一，尽管波德莱尔并未明确反对过浪漫主义。

“芳香”在波德莱尔诗中的地位之高，还因为它具有感应（通感，联觉）的功能，而感应正是诗人将世界诗意地统一起来的最重要的美学手段。它是在浪漫主义之后，波德莱尔作为诗人，对观念的世界的一个非常重要的贡献，并且他在当时就已经意识到它的重要性，所以他作有《感应》一诗，以表明他的美学思想，其中有对“芳香”的明确的赞颂：

有些芳香新鲜得像儿童肌肤一样，
柔和得像双簧管，绿油油像牧场。①

仅此两行诗，就囊括了嗅觉、触觉、听觉和视觉的联通与互动。

在这里，波德莱尔越过了浪漫主义的界限，来到他所开拓出的新的领地，象征主义。

如果说浪漫主义是强烈、混沌、自然、高昂而又阔大的，波德莱尔（的象征主义）则是明确的、精细的、忧郁的、现代的，是城市的现代的自由人对于不断堕落的生活的一种目标确切的反对，一种诗意盎然的反对。他宣称他的理想是：

他能凌驾生活之上，不难听清

---

① 《恶之花 巴黎的忧郁》，第 21—22 页。

百花以及沉默的万物的语言！

——《高翔》[①]

但是，这一与自然相关，以感应为通道的理想并未能够得到实现，反而只留下了忧郁；于是他到城市里去寻找，他发现城市是虚幻的；然后他到酒中寻找；到同性恋等“恶”中去寻找；到叛逆中去寻找；最后来到死亡之地，他发现，只有死亡能治愈厌倦、无聊、时间的折磨等现代人的重大疾病。于是，波德莱尔唱道：

啊，死亡，啊，老船长，时间到了！快起锚！

我们已倦于此邦，啊，死亡！开船航行！

——《旅行》[②]

只有死亡还是未知之国，在那里，还有“猎获新奇”的可能。

到此，《恶之花》全部的旅程告以完成。

这个“颓废者”，以诗意考察了一遍世界，最终宣布这个世界令人失望。不过，幸好还有死亡。深沉的死亡，是一道来自深渊的光，它已经在映照出“活的世界”的死之光影，已经催生出了一些“恶之花”，但它仍然有待于更加漫长、深入、具体的考察。

这就是《恶之花》。“恶之花”是失望、忧郁、探索和死

① 《恶之花　巴黎的忧郁》，第20页。

② 《恶之花　巴黎的忧郁》，第320页。

亡之花。

波德莱尔本身是一个寓言和启示。他开启了他的直接的精神继承者兰波、马拉美的道路。得神启的青春的兰波，从开始就“凌驾生活之上”，听清了“百花以及沉默的万物的语言”，并且以“绝对现代”的步伐毫不迟疑地奔赴死亡，他大约是真的看见了死亡之地的“新奇”，急不可耐地前往猎获。马拉美则是营造出了更加精美的，人和自然丝丝入扣地相互感应的“神殿”。

但是，波德莱尔的形象却绝不只是一个诗人，正如兰波也不只是一个诗人一样。首先，波德莱尔显然不是一个现实主义者，更不可能是他的时代里、审讯他的法官们所指控的那种现实主义者——那时的现实主义者似乎指的是一种无神论的无所不为者；其次，波德莱尔是一个浪漫主义（就浪漫主义的原初意义而言）和社会主义者（最宽泛意义上的社会主义者）——社会主义者正是浪漫主义者的一种社会性发展；他是一个无法治愈的造反者，一个与资产阶级的生活和道德势不两立的人。与他的同时代人福楼拜相同的是，他们都无法容忍资产阶级生活，甚至无法容忍任何一种有职业的生活，二者不同的是，波德莱尔更加躁进，更不安宁；如本雅明所指出，波德莱尔还是一个闲逛者、浪荡子、孤独者，但他的孤独必是人群里的孤独，城市里的孤独，必以妓女、乞丐、接近死亡者为自身灵魂的镜子和伴侣；他是一个印度大麻的吸食者，他所写的《人造天堂》[1]

---

① 《人造天堂》，（法）波德莱尔著，郭宏安译，上海译文出版社2011年版。

是关于毒品对人类精神所发生影响的迄今为止最为精妙、细腻，最富想象力的散文作品；他还是一个梅毒患者，这一点亦与福楼拜相同，有人猜测正是因此，使得他们都绝对地成了资产阶级家庭伦理的局外人——这一传统延伸至萨特，而萨特为他们二人都写了传记，并非偶然；最后，他还是一个美术鉴赏家、评论家，一个现代性的理论家，他关于现代性的理论影响至今，绵延不绝。

波德莱尔是不朽的诗人，同时也是现代社会的七彩棱镜。他的诗歌和他的形象相互映射，能生产出更加丰富的含义，成为屹立更久的一则寓言。

2018 年 9 月 4 日于兰煜花园

福楼拜的鹦鹉

包括一部未完成的长篇小说《布瓦尔和佩库歇》，福楼拜（1821—1880）一生创作成型并被公认为成功的小说作品，有五部长篇小说和三个短篇小说，其中最著名的当数第一部公开出版的长篇小说《包法利夫人》（首次发表是在《巴黎杂志》上连载），此外他还写了大量谈论文学创作的书信和一些可能是失败的剧作。这些为数不多的创作不仅使福楼拜成为继巴尔扎克、司汤达、雨果之后的19世纪法国文学大师，更使他成为开启了19世纪中期至20世纪现代小说叙事体系的第一人。有论者说：

> 小说家感谢福楼拜，当如诗人感谢春天：一切从他重新开始。

福楼拜一手创立了大多数读者所知的现代现实主义叙事，他的影响我们太熟悉，以至于熟视无睹。

单就作品的数量说，上述所列远非福楼拜写作的全部。他从学生时代即已开始写作。他一生专事创作。写得很苦，很慢（他经常在给友人的信中称自己一周只写了三页云云）。他从不虑及文学创作之外的其他事情。这当然也是因为这个终生都在抨击资产阶级生活和道德的人亦有家族资产可以享用。在创作上，福楼拜对人对己都要求极严，只有殚精竭虑之作才会公之于众，而且每部作品完成之后他都会读给他的朋友们听。听他朗诵自己作品的包括与他同获荣誉勋章的法国名诗人、剧作家布耶，俄国小说家屠格涅夫等。他的至少两部长篇小说（《情感教育》和《圣安东尼的诱惑》）是在全书朗读之后遭到朋友们的否定，然后搁置多年重新创作而成的。听他读作品的不止他的作家朋友，有时还有玛蒂尔德公主（拿破仑三世的堂妹，诸多美术作品和文学作品的描绘对象）等上流社会人士。他就是这样创作的。事实上，1933 年版的福楼拜《全集》达到了 22 卷之多。汉译本的五卷《福楼拜文集》只收入了他的五部长篇小说、三个短篇小说（合称为《三故事》）和部分书信（统称为《文学书简》），此乃精华中的精华了。

福楼拜在 35 岁这一年完成《包法利夫人》后，逐渐在法国社会特别是文学界享有了盛名。他曾两获荣誉勋章，并进入巴黎上流社会交际圈，成为亲王和公主的座上客。他自己的巴黎寓所，在一段时期的每个礼拜天，都会迎来当时法国和欧洲的著名作家，包括屠格涅夫、都德、左拉、龚古尔兄弟等人。美国作家亨利·詹姆斯也在其中一个星期天来拜访了大师。这表示福楼拜已享有世界性声誉。弟子莫泊桑写有短文《福楼拜家的星期天》（我国的中学课本选用了这篇文章），记录了老师家中这一有趣而又温馨的文化场景。在他生命的最后一个圣波利卡普节（圣波利卡普是福楼拜的本命神，朋友们为他设立了固定的庆祝晚宴），即 1880 年的 4 月 27 日，他“收到来自世界各地的约三十封信！……三封电报。鲁昂大主教、意大利红衣主教、清洁工、清扫公会、香烛商，纷纷来函致意”。

但福楼拜的文学创作从来都不是顺利的。他大约以5年的时间创作一部长篇小说，如果失败，则再加若干年。正是在《情感教育》和《圣安东尼的诱惑》的初稿均遭否定之际，在朋友的建议下，他开始了《包法利夫人》的创作。在创作这部长篇小说的当时，他认为《包法利夫人》并非属于他自己的题材，他要在完成它之后，才开始进入属于他自己的题材的创作，这可能主要指的是对《情感教育》的重新创作。

实际上，他公开发表的几乎每一部作品都不无麻烦：《包法利夫人》在《巴黎杂志》上连载之前虽然已作了删改，但仍遭到“伤风败俗、亵渎宗教”的指控，幸而他胜诉了（同一时期波德莱尔的《恶之花》遭到以同样罪名的起诉但却败诉了）；长篇小说《萨朗波》在创作5年之后终于完工，修改和抄写又花了一个月，出版后既“受到关注”（他为此深表感激），又受到了“猛烈的批评”（他对此表示气愤）；《情感教育》在玛蒂尔德公主家朗诵获得成功（朗读共分4次，每次4小时），但出版后却被新闻界贬得“一无是处”。因为此书已经预支了部分稿费，出版商决定不再支付费用；《圣安东尼的诱惑》“销售情况很好，但没有获得新闻界的好评”；《三故事》虽获好评，但销售不佳；福楼拜的剧作和他与人合作的剧本更是几乎无一胜绩。

生活上，福楼拜亦遭失败。晚年的他破产了。朋友们瞒着他为他争取一个图书馆馆长的职位，但却失败。在生前的最后

10个月，他被迫接受了一向遭到他的蔑视和反对的官方的“俸禄”、养老金，以及资产阶级哥哥的年金。

其实，福楼拜从小就是一个病人。他的病，有的认为是癫痫，有的说是神经官能症。他自己在给友人的信中称，他时常能看得见常人之所未见，或是因为一点细微的刺激而长久地激动，就是因为他的这种病。《福楼拜评传》的作者李健吾认为，那是一种奇怪的罕见的脑系病。福楼拜在信中给人说：

> 我可以肯定，我知道什么叫死。我经常清楚感到我的灵魂出窍，犹如人们感觉到血从伤口流出来。

这实际上是对自身症状的描绘。

这一重大的疾病，是福楼拜的创作的前提之一，也应是福楼拜研究的内容之一。

哲学家萨特著有福楼拜传记《家庭白痴》，长达5卷，目前尚无汉译本。不知萨特的“白痴”，所指为何。英国作家朱利安·巴恩斯在其形式特别的长篇小说《福楼拜的鹦鹉》中，则直指福楼拜的病为癫痫。但显然，福楼拜生前曾试图向社会公众隐瞒他的病况。在他去世的翌年，他的一个密友才首次披露了他的癫痫病，但遭到他的其他朋友们指为这是对他的“背叛”。

福楼拜的“失败”甚至延续到了他的身后。他死后，他的克鲁瓦塞的房产旋即被出卖，买主“把一切都夷为平地，在此建立了一家工厂”。“其他许多与福楼拜相关的东西都没有长久地保留下来”，“他所留下的都是纸上的东西。纸张、思想、词语、隐喻，可转化为声音的构思精美的散文文字”。当然，“这恰巧可能正是他希望得到的”。

福楼拜一生的绝大部分时间居住在法国鲁昂市的乡间克鲁瓦塞，和母亲生活在一起；他终生未婚，但有情人。他保持时间最久的情人是科莱夫人。她是一个诗人、剧作家、寡妇。他们的关系维持了8年，这出乎他的朋友们的意料之外，因为他们的关系从一开始就不十分美妙。她给他制造了一些麻烦，但“文学书简”的大部分是写给她的。

就像勃洛德之于卡夫卡一样，福楼拜也有一个最知心朋友，他是诗人布耶。布耶在创作上为他贡献了很多有价值的意见，他朗诵新作时必有布耶在听。他称布耶为兄弟。《包法利夫人》即是题献给布耶的。在他的朋友圈中还有一个俄国人，他就是屠格涅夫。他对屠格涅夫抱有敬佩之情。经后者推荐，他读了托尔斯泰的《战争与和平》，给予很高评价。

他曾“梦想游历亚洲，从陆路去中国……”，但为了免于母亲的担忧，而未能成行。

他对东方的神往，他的古代题材的创作，以及他的为“艺术而艺术”，对艺术的狂热，都是源于他对欧洲生活，以及对资产阶级的厌倦和失望。

他自述他的艺术理想是：

我认为精彩的，我愿意写的，是一本不谈任何问题的书，一本无任何外在捆缚物的书，这书只靠文笔的内在力量支撑，犹如没有支撑物的地球悬在空中。这本书几乎没有主题，或者说，如果可能，至少它的主题几乎看不出来。最成功的作品是素材最少的作品；表达愈接近思想，文字愈胶合其上并隐没其间，作品愈精彩。

这段话最能体现他的“为艺术而艺术”的观点。因由这样的标准和立场，他多次表达对巴尔扎克的不满。有一次他说：

巴尔扎克如果善于炼字造句，将会是多么了不起的一位作家！他欠缺的，恰恰是这一点。

又一次他说：

我刚看了巴尔扎克的书简。从中可以看出，他是一位非常正直的人，大家也应当喜欢他。但他多么操心金钱呀，对艺术的爱又多么少！

作为一个艺术至上主义者，他对即将全面来临的平等、民主等今日所谓的普世价值深怀恐惧。关于平等，他说：

平等若不是否定一切自由、一切优势和大自然本身，那又是什么呢？平等就是奴役。

关于民主，他说：

一切属于大众，但混乱也由此产生。

一般认为，他的非个性化和客观化的叙事艺术是他对传统小说的技巧革新，但可能并不这么简单。首先，他始终认为他是服膺于《堂吉诃德》、莎士比亚和歌德的：

莎士比亚也是一种绝妙的现象。他不是简单的人，而是一个大陆。

《堂吉诃德》里最神奇的地方是没有技巧，是幻想和现实持续不断的融合，这种融合使书变得非常诙谐，非常有诗意。

再往上，他说到希腊：

希腊艺术并非一种艺术，它是整个民族、整个种族，甚至整个国家的基本大法。

所以，“为艺术而艺术”，并非只在为艺术，而是为了人类的尊严和美，对此他有清醒的认知：

我在良心上感到我在履行我的职责，我在服从最高的天命，我在做好事，我有道理。

他的小说早已成为了世界的，但他最为细致、深刻、完整的文学遗产仍然保留在法语中，正如《追忆逝水年华》的作者所说：

> 福楼拜以句法引起或表现视觉景象和描绘世界，是一场革命，与康德把认识的中心从世界转移到灵魂那场革命相比，一样伟大。

> 他的创新始终寓于句法。福楼拜是个法语天才。他的天才是一种精灵。……他巨大又耐久的创新是一种语法创新，但几乎难以辨认，因为它同我们时代的文学语言水乳交融，我们阅读其他作家的作品时实际是在阅读福楼拜的作品，并不知道其他作家只不过鹦鹉学舌。

他曾在短篇小说《淳朴的心》中写过一只鹦鹉。它叫鹭鹭。它是老女仆费莉西泰生命最后阶段的陪伴。为了写它，福楼拜从鲁昂博物馆借来一只鹦鹉标本，放在书桌上，每天看它，长达三周。出人意料的是，与他相关的所有东西都消失了，这只鹦鹉却保留了下来，并且变成了两只：一只在主宫医院（福楼拜的父亲生前是这里的医生，他小时在这里长大），另一只在克鲁瓦塞仅剩的一间福楼拜故居里。两处的管理人员都坚信，他们的这只鹦鹉才是福楼拜当年借用的那一只。他们都不理会对方的存在。

这两只，和小说中的那一只，三只会说话，却永恒不语的鸟，并存于世。

想要明白它们意图说什么，就得对福楼拜再作深一些的研究。

2018 年 5 月 4 日于兰煜花园

怎样读福楼拜的《情感教育》

人人都读《包法利夫人》，但福楼拜的另一名著《情感教育》却无此待遇。像《包法利夫人》一样，《情感教育》也写“通奸”，也写“爱情”，而且比《包法利夫人》“高级”的是，它写的是首都巴黎的“通奸”和“爱情”，而不是“外省风俗”，是上流社会、妓女、资产阶级、艺术家各色人等的“通奸”和“爱情”，并且还间以革命的大戏，还有时间的长河与波光粼粼的城市相互淘洗，把大鱼小虾和鹅卵石一律艺术地裸露出来，正像福楼拜的译者和研究家李健吾先生所说：

> 他用一部书写出他纷乱的时代。

这一评语显然不能用在《包法利夫人》身上，但却恰好可用于《情感教育》，并一点也不显得夸大。比起《包法利夫人》的精巧，《情感教育》是一部真正的巨著！尽管如此，它却少有人读，更少有人可以完全读得下去，更不要说与其心心相印了。

原因大概在于：

第一，这是一部没有题旨的书。虽然，写一部完全没有题旨的书，正是福楼拜的艺术的理想，但要一部没有题旨的书不让读者感到茫然，显然是困难的。读者向作家索要的正是题旨！

本来，没有也可以假装成有，正如《包法利夫人》，但福氏偏不再假装了。

第二，这是一部没有情节的长篇小说。没有情节还是小说吗？还是长篇小说吗？所以有人说它是非小说化的小说。《情感教育》没有情节，没有戏剧性，它纯由画面及其联结构成，那么，它到底是小说还是画？没有人可以告诉读者这一难题的答案。

第三，这是一部没有主角的小说。当然，你可以说，弗雷德里克难道不是主角？是的，他是。我们的确是借由他的眼光，看到了19世纪中期前后长达20多年的“巴黎风光”。但这就算是一个主角吗？他游游逛逛，一事无成，既无力追求爱情，也无任何事业可干，他的善良没有用处，作恶他又不会，革命如火如荼时，他跑到仙境一般的枫丹白露去独享“爱情”，活生生把一个妓女幻化成为一个纯洁的仙女，但正当“爱”的高潮时，他却又为了友谊，奔赴革命的荒唐现场。总之一句话，这是一个没有常性的人。用文学的术语说，他根本就没有行为的动机，不配做一部长篇小说的主人公。你当然还可以反驳我说，无论如何，可怜的弗雷德里克毕竟从始至终都怀抱着对阿尔努夫人的深沉的爱，他的爱历经一生而不变，这难道还不够吗？我们的回答是——但是，哪怕仅仅是为了爱情，他做了什么呢？如果他什么都不做，且不说他作为爱的一方所应负的责任，仅就他作为一个小说的主角来说，他的基本的（美学的）道德又在哪里呢？难道一部小说的主角不正是要以自己的行动来掀起故事的波涛，并由此推动一整个世界（小说的世界，或小说和现实相交错的那个世界）的变化吗？事实是，在“革命”的紧要关头，亦即在变化的巨浪袭来时，我们甚至都看不到他的身影，因为他跑到了枫丹白露，去那里做爱了。男主角这样，女主角又如何呢？如果我们硬要按照对一般小说的认识习惯，来确定一个《情感教育》的女主角，那无疑非阿尔努夫人莫属。因为阿尔努夫人正是弗雷德里克爱的对象。她简直就是他的永恒之爱。自从他在小说开头的那艘船上遇见她，她就在他的心里生了根，从此，无论发生了什么，不管面对风情万种情人无数但却忽然一日只爱一人并能为他生下孩子的名牌妓女，还是来到大资产阶级太太高贵冷艳毛皮装裹的华贵的怀抱，他的心总是不能忘记她。谁都不能占据阿尔努夫人在弗雷德里克心中的位置。阿尔努夫人是贯穿始终的唯一的女性人物，她不像其他许多人物神龙见首见不尾，只为了局部而存在，她是一个月亮般的存在，只有时被云翳遮蔽了，但她从未真正消失过。可她是一个怎样的形象（人物形象）呢？当你读完全书掩卷而思，你会发现，她居然是一个没有形象的人物！她是被暗光处理的。这轮圆月永远躲在云彩之后。她从未出示过她的“巧笑倩兮，美目盼兮”。以暗光来处理“高点”，这恐怕只有小说艺术可以做到。这样的一个完全没有鲜明形象的人物，自然不能与文学理论中的“女主角”吻合。

第四，这是一部没有历史感和现实感的小说，虽然它使用了够多的历史材料。它甚至在某种历史和现实感将要建立起来的地方，将其推塌。且看它是如何来推倒革命和历史的。在轰轰烈烈的二月革命中，弗雷德里克有时也不由自主地被裹挟了进去，但他最操心的是爱情，革命愈令他失望，爱情愈令他倾心，可是阿尔努夫人对他爽约了，革命令他厌倦了，他转而找妓女萝莎奈特。他带萝莎奈特去枫丹白露——这是全书中最精致美妙的片段之一。当“一场鏖战血染巴黎”的时候，两人却在枫丹白露，或骑马，或步行，曲径通幽、柳暗花明地在不尽的美景中惊喜地发现和凝视着他们的爱情：

> 当他们在田野间休息时，他躺在她那把小阳伞下面，头枕在她的膝盖上；或者两人都趴在草地上，面对面互视，看到对方眸子的深处，彼此渴望，总得到满足；然后，半闭着眼皮，不再讲话。

注意上面这段引文中的分号和连结词。这种分号加连结词的句式是福楼拜最常采用的、被纳博科夫称为“展开式”的手法，“即逐一展现连续的视觉印象，以表达某种情感的积聚”。但这里的三个镜头，并非同一时间的三个连续动作，而是发生在三个不同的时间点上，因而它们之间是存在着时间空白的。这是福楼拜的空白形式之一。他是首创并使用空白形式最多的作家。因此普鲁斯特才说：“《情感教育》最美妙之处，不是句子，而是空白。”（《驳圣伯夫》）但这里的这段并非显示空白形式之美妙的最典型段落。这种例子在《情感教育》中，有如散落一地的珍珠，随便一翻即可收入眼帘。《包法利夫人》中也有。

这美妙的爱情否定了革命，但它本身也是飘忽的、可疑的、短暂的，因为它并非发生在弗雷德里克和阿尔努夫人之间——

那才是圣洁之爱，而是发生在他和妓女萝莎奈特之间，它当然就是次要的、犹豫的爱。它的美，是被枫丹白露的美景烘托起来的，是由背景映射的一种美，正如现代城市光怪陆离的夜景，是将要被晨光消灭的美。革命固然不美，这样的爱情之美也离崇高尚远，甚至具有讽刺的色彩。这正是纳博科夫所指出的：

福楼拜的小说将讽刺和悲悯相当精妙地融汇在一起。

这妓女的爱，这前途未卜动荡不定的爱，毕竟也是爱，但这是怎样的一种爱呵！

正是在这里，《情感教育》显示出了小说特有的价值和力量：在过往的革命中，在历史的重要关头，人类实际上是不知所措的，但在其后的历史书写中，他们却表现得仿佛目标明确，神勇异常。几乎所有的历史书写都无法表现这种真正的人类状态，唯有小说能够。在这里，福楼拜以小说之美瓦解了落入俗套的历史和现实。

福楼拜的讽刺和悲悯，既是他的小说元素，是他把世界作为艺术品来看待的一种眼光，同时也是他与世界和现实之间的距离。

包法利夫人是这种眼光照射下的一个人物，《情感教育》中的所有人物都是。

如果说在小说中，福楼拜因为不动声色的“客观化”和“非人格化”的描绘，部分藏起来了他的情感，或是将情感深织进了小说的结构中，但他往往在书信中会说真话。1853 年 6 月，他给他的情妇高莱女士写信说：

> 然而我爱娼妓的生涯；我爱它的本身，我忽略它附带的罪恶。看见一个敞领袒胸的女人，在雨底下，从煤气灯一旁走过去，我的心就会忍不住跳起来，犹如看见僧人的长袍，旁边坠着系腰的带结，不知道触到清心寡欲的一个什么暗角落，怪叫我的灵魂痒痒。想到娼妓的生涯，你不由就想到物欲、酸辛、人类关系的空虚、筋肉的热狂、金玉的铿锵，怎样一个复杂的交切之点！一往深处看，不由自己，你就头晕眼花。而且从这里，一个人该长多少见识！该多么忧郁！该怎样梦想爱情！啊！挽歌的作者，你不应该将臂倚住废墟，你应该倚住这些轻快的妇女的胸脯。……

这是他在书信中打开的一扇门，可供我们走近萝莎奈特（她为什么能够被弗雷德里克所爱，以及被阿尔努所爱），和包法利夫人。这就是他的悲悯。

在《情感教育》中，也许只有阿尔努夫人一个人处于“讽刺和悲悯”之外。圣洁是无法被描绘的，它只供瞻仰。于是圣洁的她被暗光处理，但她却站在了整部作品的高光区，散发出柔和的光辉。这个高光区不甚清晰，也不够生动，仿佛只是一个确定的动机，摇曳、回响在整个结构之上。阿尔努夫人至少有两次是以音乐的形象出现的，其中一次是在客厅里：

> 她那次女低音的歌喉，在低音区发出凄怆的音调。令人不寒而栗。这时，长着一双浓眉的秀丽的头歪向肩膀，胸脯鼓起，双臂分开，飞出一串华彩乐句的脖颈软绵绵地

> 向后仰着，仿佛在接受来自天国的亲吻。她抛出三个高音，然后降下来，再发出一个更高的音，经过片刻休止，以一个延长音结束。

她就是这样，以声音的抽象和轻，无阻碍地飞升向上，取得了天国的象征资格。对她着墨并不多，甚至可以说太少了。

总之，《情感教育》简直不是一部小说，而是一种广袤的存在，是一种无主题的建筑的绵延，是有着细致、唯美和虚无情怀的现代浪子的浪游之地。读《情感教育》这样的书，需要清醒的，能做出充分反应的头脑和心灵。正因为它没有主要人物和主要情节，它的刻刀的每一刻写都必须是有效的——正如真正的雕刻艺术，而你必须有能力，同时有透彻的心灵场地，把所有这些艺术的笔画一一接收下来，并在自身内部配置和重新搭建起来。这是一座辉煌壮丽，布满精美绝伦的细部，在细部与细部之间有着不可忽略的精妙的空白的宫殿。那些空白如同道路。你穿行在华丽的顶棚、廊柱、彩画、瀑布、小桥、流水、林木之间。枝枝叶叶，林林总总，极目远眺，俯首近视，所有一切，都在磨砺你的艺术的神经，使其尖锐、透彻、明敏、渗透。这是一个全然不同的世界。当你打开它，它就已经接纳了你。它要求你拥抱它，用你的身和心，如同人在真正的爱情里那样，或者如同人与上帝的关系，否则你便无法进入这个世界。

2018 年 6 月 4 日零点于兰煜花园

“醉舟”兰波，在风中呼啸的遗言

——可我伤心恸哭！黎明这般凄楚，
残忍的冷月，苦涩的阳光：
辛酸的爱情充斥着我的沉醉、麻木。
噢，让我通体迸裂，散入海洋！

——摘自《兰波作品全集》之《醉舟》[1]

无论在公共的文学史上，还是在许多个人的秘藏的文学手册里，兰波都是一个耀眼星子般的既遥远又切近的存在。他行走在文学天空的边缘处，闪烁着谜样的光芒，在暗夜里（夜的时代）凝视他，那光芒就会刺目而令人生畏地逼近，发出一百多年来毫不减弱、令人颤抖的神谕般质问：何为绝对的现代？何为我们的诗歌？可以容纳我们的生活在哪里——它存在吗？现实是什么——它到底是虚无还是超越之路？应当沿着此路去冒险，还是去死亡？死亡故乡里究竟有无任何安慰？它为何如此辛酸却又那般壮丽？仿佛“履风之人”兰波仍然走在前面，我们都看得见他的身影，却无法缩短与他的距离，也就无法比他离上述问题的答案更近一些。但他真的是奔赴那些答案而去

① 《兰波作品全集》，王以培译，东方出版社 2000 年版，第 140 页。

的吗？对来自他身后的疑问，他当然不会扭过头来回答，因为他只直视着永远的前方。他是一个现代单面神的隐喻形象。

兰波（1854—1891），法国象征主义诗人、冒险家、军火商，一生只活了37个春秋，诗歌创作更短至只有15至19岁5个年头。这5年中他创作了一部诗集、两部散文诗集（《地狱一季》《彩图集》）和几封书信（其中最著名的两封被称作“通灵者书信”），他的中译本全集是只有300多页的一本。但他对后世影响巨大。兰波去世后，同时代的象征主义诗人、也是兰波的朋友和同性恋人的魏尔伦称，“对他的记忆有如太阳照耀……”另一位象征主义诗人马拉美宣布“他一旦出现，就将永存”；马拉美还说：“他不假于出生之后而在呱呱坠地之前就已经饱吸了暴风骤雨般猛烈而又总摄于万物的命运的灵性。”——这是关于兰波天才的马拉美式论说。后来的超现实主义者尊兰波为他们的鼻祖，超现实主义主将布勒东说：“兰波在生活实践中及其他方面是超现实主义者。”还有更多诗人、作家、哲学家和研究现代性的思想家都曾对兰波有过论述。

在中国，20世纪80年代末的海子之死激起对史上“短命天才”们的热烈关注，其中最耀眼的莫过于兰波，事实上海子及其在山海关铁轨上的自绝，可以理解为兰波“绝对应该做个现代人”的精神在东方古国的一声回响。更多的中国读者则最早是通过捷克裔法国小说家昆德拉的小说《生活在别处》而知晓兰波其名。昆德拉在这部小说的序言的开首即写道：

> “生活在别处”是兰波的一句名言。安德烈·布勒

东在他的《超现实主义宣言》的结论中引用了这句话。一九六八年五月，巴黎学生曾把这句话作为他们的口号刷写在巴黎大学的墙上。[①]

被当作是兰波名言的“生活在别处”，从此得以广泛传扬，并被作出适合于各种不同境遇的通俗化理解。但有一个问题需要在这里顺便提及，布勒东1924年版《超现实主义宣言》的最后一句话的确是这5个字，可他并未言明此句来自兰波，他的原话是：

……无论是生活，还是放弃生活，这都是想象中的解决方法。生活在别处。[②]

布勒东的此类超现实主义句式，瑰丽、诡谲、飘忽不定，确有上承兰波之意味，但比之兰波，他已经少了自然的、阳刚的、风云雷电般的天成之韵。仅从上引一句可以看到，即使是布勒东，亦无法不露出他的阴柔之底。

而据兰波的中文译者之一何家炜说，兰波在《地狱一季》里说的是：“真正的生活缺失了。我们不在这个世界上。”

类似的语句还有：“哪里才有真正的生活？”以及——“改

① 《生活在别处》，（捷克）米兰·昆德拉著，袁筱一译，上海译文出版社2004年版，序。

② 《超现实主义宣言》，布勒东著，袁俊生译，重庆大学出版社2010年12月第一版，第33页。

变生活！”[1]

虽然我们不能确信“生活在别处”这句话出自兰波之口，但可以确信的是，“我们不在这个世界上”和“改变生活”，作为一种精神的甚至是生活和艺术创作的秘谱，在兰波去世之前，即《彩图集》在巴黎印行之时，已经开始流传，一直流传到了今天，这一过程还并未止息，并且范围在扩大。

另一个无法确认的事实，是来自于波兰诗人米沃什的一个说法，他居然说，康拉德小说《黑暗的心》中迷失于非洲部落的买办库尔茨即是兰波。比照兰波的传记，这一说法很难让人接受。但是，美国导演科波拉的其灵感来自《黑暗的心》的巨幅电影《现代启示录》，里面的主人公库尔茨身上的诗人幻影，却又忽隐忽现地反映出兰波式的“分裂性存在”，虽然库尔茨在里面吟诵的诗歌是属于晚期象征主义诗人艾略特的。

总之，兰波神话在当代社会的流传途径之一，包括了这样一种通俗化的想象，是无疑的。如果有人愿意看到更为通俗化的影像兰波，可以去看莱昂纳多主演的电影《心之全蚀》，这是一个兰波和魏尔伦的同性恋故事。

而兰波作为一个“通灵者”的含义，亦即他的诗歌意义，却在逐渐地被弱化和遮蔽，或者沦于咖啡馆化。似乎返回到原初意义上的兰波的道路已经模糊难辨，甚或已经完全断绝，只能任他遨游天际，从而更加地孤独了。的确，困境是如此显明——怎么能够在书房里和讲台上谈论“履风之人”呢？没有行走，

---

① 豆瓣“Arthur Rimbaud 兰波”小组。

就没有兰波，请看他是如何看待他自己的行走的：

> 不管怎么说，别指望我的性格会变得乖巧，如果我有条件旅行，而不必待在某个地方去工作，去生活的话，那么我绝不会在同一个地方持续待上两个月。[①]

再请看别人眼中的行走的兰波：

> （兰波）身材高大，瘦骨嶙峋，两鬓的头发里夹杂着丝丝白发，他身着欧式服装，极为俭朴，裤子显得很肥大，上身穿着一件毛衣，灰色咔叽外套也很宽松，头戴一顶无边圆帽，也是灰色的，他像当地人那样，根本不惧怕灼热的阳光。尽管他有一头小骡子，但随商队行进时，他并不骑骡子，而是背着猎枪，徒步走在商队的最前面。[②]

这是后期的兰波，亦即离开诗歌和欧洲多年之后的兰波的言行。那么此前的少年的“履风之人”是什么样子呢？

> ……兰波那“有力的步伐”，那“灵活的身躯”，他的步伐就像“一个既坚定而又有耐心、勇往直前的步行者的步伐”：“两条长腿平静地迈着大步，修长的胳膊随着

① 《兰波传》，（法）让·马克·斯坦梅茨著，袁俊生译，上海人民出版社，2018年11月第1版，第430页。

② 《兰波传》，第441页。

步伐有节奏地甩动着，上身显得非常挺拔，头抬得很正，眼睛凝望着远方，整个面部露出一种顺从的挑战表情，露出一副胸有成竹的样子，看不出任何恐惧和火气的痕迹。”[1]

这是来自兰波少年时代朋友的贴近的观察，是一个无法复现的少年形象，是“履风之人”的肉体形象，又是它的词语形象。正如传记作者所指出，“任何一部影片都不可能如此成功地描绘出这一场景”。这就是行走的兰波，而关于这个行走者的灵魂，则由他自己正确地命名为“通灵者”。关于“通灵者”，诗里诗外，当然有很多的讨论和研究，但首先需要指出，“通灵者”只是一个汉语译名，它的法语原义，根据《兰波作品全集》译者王以培，则是“慧眼人”“视觉超凡者”。亦即这个词是强调视觉的。所以，“通灵者”可以看得见千年之前的《奥菲利娅》，这一朵“美丽如雪”“盛大的百合”：

黑暗沉寂的波浪上安睡着群星，
洁白的奥菲利娅像一朵盛大的百合随风飘动；
枕着长长的纱巾，缓缓地飘着……
远处的森林里传来猎人的号声。

——《奥菲利娅》第一节[2]

“远处的森林里传来猎人的号声”，此句由视觉转入听觉，

① 《兰波传》，第 323 页。

② 《兰波作品全集》，第 23 页。

这是“通灵者”进入“未知”的预兆，是“未知”吹起的号声。——“未知”，这是兰波诗歌中的一个重要概念。

兰波自己对“通灵者”的描述就含有“他达到未知”之句：

> 必须使各种感觉经历长期的、广泛的、有意识的错轨，各种形式的情爱、痛苦和疯狂，诗人才能成为一个通灵者；他寻找自我，并为保存自己的精华而饮尽毒药。在难以形容的折磨中，他需要坚定的信仰与超人的力量；他与众不同，将成为伟大的病夫、伟大的罪犯、伟大的诅咒者——至高无上的智者！——因为他达到了未知！他培育了比别人更加丰富的灵魂！他达到未知；当他陷入迷狂，最终失去视觉时，却看见了视觉本身！（兰波书信1871年5月15日）[①]

照此，由病夫、罪犯、诅咒者，达于至高无上的智者，这时才达到了未知，并最终看见了“视觉本身”。那么，应该如何理解这其中重要的一环“未知”呢？我们不妨沿着超现实主义者布勒东的路向上回溯。布勒东批评现代人的“怪癖”：

> 非要把不知转变为可知，转变为能归类的东西，这真是难以对付的怪癖，这种怪癖令人陶醉……[②]

① 《兰波作品全集》，第330页。

② 《超现实主义宣言》，（法）安德烈·布勒东著，袁俊生译，重庆大学出版社2010年12月第1版，第15页。

因为遮蔽了“未知”“不知”，导致我们既不能超于现实，又无法进入现实，这就是为什么兰波说“我们不在这个世界上”的真实含义。

我们把大地变成了绿色表皮的深渊，把神视作虚无，把栖居变为忙碌，我们竭尽全力消灭所有的诗意，像摘除阑尾一样去除了生活的意义和有意义的生活。我们离开经验，崇拜科学，把人变作瓶子里的臭虫。

兰波是最早预知到这一切的人，所以他冲出了“栅栏围住的欧洲”。他在他生命的后一半，对此一言不发。将死之时，他所想的仍然是走出欧洲，去往未知之地。

只有未知之地，才是可能的福地。

这就是“通灵者”在风中呼啸的遗言。

2018 年 2 月 27 日于兰煜花园

《长日留痕》：一出悲怆的喜剧

《长日留痕》是石黑一雄于 1989 年摘得布克奖的长篇小说，他时年 35 岁。然后，2017 年的诺贝尔文学奖授予了石黑一雄。他所获得的文学奖项当然不止这些。石黑一雄是在 5 岁时，亦即 1960 年，随着他的日本家庭移居到了英国。所以，虽然一般也将他视为是一个移民作家，但却很难确认他的身上究竟有多少日本文化底色，至少他的双重文化色彩肯定不如纳博科夫、康拉德和哈金他们来得强烈。石黑一雄的另一文化背景是现代音乐，他曾经做过一个乐队的打击乐手。这让我联想到许多作家都具有的音乐背景，我所知道的最著名的有帕斯捷尔纳克和昆德拉，其中青年帕斯捷尔纳克从音乐、哲学和文学三条可能的道路中选择了文学；而昆德拉曾是一名爵士乐手，他自解他的每一部作品都是根据音乐的原理来构思的。相反的例子是纳博科夫，这个文学鬼才几乎是公开宣称厌恶音乐的唯一的作家。总之，音乐与文学的关系是一个令人遐思却颇不易详解的题目。石黑一雄的另一个来历也必须被提及，那就是他曾参加过一个创意写作班的课程学习，这是一个与卡佛和哈金相似的背景，这是否可以证明文学写作不仅是可以学到手的一种技艺，而且甚至可以学到一个大师的程度？这对于很多冀望于此的文学学徒应该是一个好消息。

在石黑一雄得诺贝尔文学奖之前很久，我就“收藏”了他，准备日后阅读，但到真的打开他的书却也是到了他获诺奖之后了。无论如何诺贝尔文学奖都不是一个不重要的文学事件，连带着它还提出了我们不得不正视的文学问题，显见的问题就是，为什么会是他，而不是米兰·昆德拉、北岛、村上春树、阎连科等许多作家和诗人中的一个？毕竟这个奖是面向全世界的，而这个世界上的文学奇才何其之多呵。平心而论，假设在他尚未获奖之前我就已经读过了他的作品，由我来预测获奖人选的话，至少我不会把他列为首选。我的理由是，他的长篇小说《无可慰藉》和《黑暗降临的村庄》（特别是后者）有较为明显的卡夫卡式的东西在里面，这对于他作为一个作家的原创性有所损害；他的另两部长篇小说《远山淡影》和《浮世画家》所呈现出的文学世界都稍欠丰满和厚实，稍欠一点文学的说服力，这或许与他为这两部作品所设定的日本背景有关，也未可知。他的最好的、最具独创性的，堪称无懈可击的长篇小说可能当属《长日留痕》。以上就是我已经读过的他的长篇小说中的几部，其中并非每一部都读到了真正的结尾。

但我又忽然意识到，也许我对石黑一雄的原创性的怀疑理由，也同样是值得怀疑的，因为戏仿和互文正是属于后现代主义的技巧和特征。我得承认，在《无可慰藉》的浩瀚河水中，我在几经沉浮之后，怀疑慢慢地消失了，我慢慢地适应了那里面的暗黑的性质，甚至还慢慢地产生了一种差不多可称之为是眷恋的情感。阅读就是对抗拒的克服，我居然真的克服了我的抗拒。我似乎体会到了放弃光荣抵抗之后的那样一种顺从的坠落的快感。我得承认，石黑一雄至少具有许多大作家都具有的那样一种催眠般的语言魔力。（当然，我看的是中文译本，这样说语言层面的问题我有点心虚，但却忍不住要这样说。）

我提到了后现代主义，这是因为我意识到戏仿是石黑一雄的一个主要的特征。我不说这是他使用的一个主要的技巧，而说是特征，是因为我认为当一种技巧被发展为文本的一个支柱性的东西之后，它就从技巧的层面上升了，我甚至想说，这说不定是一种小说思想呢。昆德拉曾反复强调小说是有思想的，而小说的思想并不与哲学和宗教的思想等同，因为小说的思想闪烁在它的不确定性之上。戏仿正是表达不确定性的小说思想的一个方便法门。石黑一雄喜欢为他的每部小说设置一个现实主义的开头。这让不解内情的读者抱着一种现实主义的期待走了进去，后来他才终于（有一个过程）明白，原来根本不是那么一回事（这是他应当调整他的阅读态度的时候了，如果不愿调整，并且到此就作出了结论，那至少是不公平的）。回头再看所来之处，他会明白（我就是这样明白的），原来，所谓的现实主义无非也是一种幻觉而已。所以，石黑一雄小说的开头亦可视为是对现实主义的一种戏仿。戏仿这种手段，肯定有其妙用，绝不可以仅仅理解为是小说家对其文化渊源的一种致敬。所以，石黑一雄作品的卡夫卡味道，和他被称为是“穿裤子的简·奥斯汀”，都还有待我们去深入地理解和接受。

戏仿亦是传承之一法。实际上当代文化中远不止小说，戏仿几乎充斥于所有的艺术和生活的领域。完全的独创性已经成为一种痴想。我们知道马克思曾说：“一切历史事实与人物都出现两次，第一次是悲剧，第二次是喜剧。”所谓喜剧，即是戏仿也。但历史和现实告诉我们的，似乎并非如此。在小说和其他艺术中，其含义就变得更为复杂了。之所以如此，是因为悲剧其实是可以重复上演的，并且是作为悲剧而非喜剧的重复。这正是人所承受的历史之重，历史之黑。戏仿正是对于悲剧重复的一种艺术的阻击。减轻历史之重，揭开其暗面，如夜莺一般歌唱，这不正是艺术的功能之一吗？这当然只是泛泛而论。

刚才还说到互文。石黑一雄在《无可慰藉》中写“我”初遇酒店“年迈的迎宾员”的一幕，似乎就是为了与《长日留痕》形成互文性效果，而有意设置的（读过这两部小说并且注意到此处的读者，相信会与我会心一笑的）。互文和戏仿是可以相互渗入和相互参照的。他对卡夫卡的戏仿，难道就没有将现代主义和后现代主义，梦幻和关于梦幻的梦幻，梦与梦中之梦，加以互文的考虑吗？他一定知道，面对如此明显的卡夫卡元素，任何一个了解文学史的读者都不会无动于衷吧？因此，互文和戏仿仿佛都是为了修复历史断裂，缀连文化碎片，疗愈现实焦灼的手段。

《长日留痕》的主人公那个英国管家是多么可悯而又可笑，多么枯燥乏味但却又多么生动有趣，像极了一套制服般的僵硬却又包藏着多少打动人心的情感的力量，他鼠目寸光，全无一丁点历史的见地，但他却天使般地飘游在文化历史的天空上。我们用所谓现实主义的原则是很难理解这样一个形象的，用现代主义也同样不能，因为他不仅是一个人物形象，他是作家对传统英国的一个文化符号的戏仿。他不是依据现实的创造物，也非出自想象，甚至不是我们通常理解的虚构，他是一个综合的产物。他一方面应和着某种关于历史的想象，一方面同时就将这种想象加以了解构。他是一个语言的化合物，同时又是语言和历史互文的反讽之物。他是一个绝妙的形象，但真正的绝妙之处，是作家触摸到了读者心灵的某个隐秘的机关。这个心灵就是现代读者的心灵，一颗长期以来被认作是虚无主义的无可寄寓的物质的冷漠之心，未曾想它的情感的机关是有的，只是很少有人可以触摸到而已。

这个形象是从一个戏剧性的情境中向我们显现的。我们觉得那依稀就是一个喜剧的情境。因为我们读者都已经预先站在了历史的制高点上，我们这些无所不知、满不在乎、心神涣散的所谓读者们，站在高处，看到下方的一个仿佛是人的黑点在移动，他果然是人，我们看见他临渊而行，危险至极，但他却中规中矩，充满自信，满怀着忠诚，仪态万方地向着终点而去。我们已经看到了他此行的终点，那是一个失败的、耻辱的、虚假的终点。这就是喜剧，喜剧人物总是被蒙在鼓里的。作家就这样预先满足了我们作为读者的优越感，于是我们就优越起来了。但我们也越来越心里明白，我们所目睹的，是人的失败，是人的运动轨迹，这个人他是自由的，他拥有自由的意志、职业的操守、可贵的忠诚，以及爱情和对爱的节制——爱因节制而可悯并且可敬，但他却失败得如此彻底。这样，我们的怜悯之心被激发出来了。那么，这是一出悲剧吗？显然也不是，主人公一直彬彬有礼地走在命运的堑壕里，未敢逾雷池一步，而且他既非英雄，也没有受到什么磨难和挫折，他所引起的并非我们的崇敬之心。

他所做的都是琐碎之事，他本当被遗忘，只因他永远整洁的制服之下藏着一颗英国管家的心灵，他引起了我们对他长久的凝视。这个不曾也没有能力思考命运的人，引起了我们对所有人命运的担忧。这个拘谨刻板到可笑的人，触发了我们这些无情之人的情思。这个由业已消失的文化符号戏仿来的文学形象引起我们对文学和人的无法回避的思考。

2017 年 12 月 5 日于兰煜花园

卡夫卡和他的《变形记》

——在 2019 年“鸿远·99 文会”的演讲稿

一、卡夫卡与现代主义

20 世纪的文学圣徒、弱的天才、伟大的业余作家（除此之外他还是一个令人心痛的儿子，最完美情书的作者和令人心醉的情人）卡夫卡，乃是世界文学史上的一个令人战栗的存在。他的悖论式叙述令他的作品十分难以进入，但是近一百年来，在他的周围，即他的作品和他本人的周围，聚集起了无以数计的读者、译者、研究者、阐释者和无条件地爱他的人。“卡夫卡式”，更成为一个溢出了文学之外的名词，时常用于我们的认识和想象，就连不读他作品的人也必须得对这个词有所了解，否则他就会被搁在很多的叙述和描述的中途，就像航海者到不了岸上，从而无法勾画完整他所在的这个世界。卡夫卡这个最谦卑的人无可置疑地改变了 20 世纪的文学版图、文学面貌，乃至文学的性质，因为没有他，文学在人们心目中唤起的思想、情感和文学本身的状貌就不会是如此这般的。

我们今天在这里讨论他，是为了在他的作品中，他的思想中和他的生活中，寻找到一些可以共同理解的基础。我认为这是可能的。这首先是因为，我们现在所处的这个时代仍然和卡夫卡的时代在同一个大的时代之中，这个时代就叫作现代，或者也可以叫作全球化的时代。

卡夫卡出生在 1883 年，1924 年去世。他在世的时间不到 42 年。在他求学的时代，社会主义和共产主义思想已经在欧洲非常成熟了，而且在他的有生之年，在俄罗斯，也就是在一个国家的范围内已经实现了社会主义。卡夫卡也曾一度亲近过社会主义。他在大学时曾经是一个小的社会主义社团的一分子。他曾经戴着社会主义者的徽章参加过一些小型的集会。卡夫卡的这一经历就使得他和我们有了一些共同的东西。知道了这一点，并非无关紧要，这也是他的无所不包的绝望的一部分。卡夫卡通过译本（正如我们通过译本了解他一样）了解到部分的中国文化，特别对老子和庄子感兴趣。

所谓的全球化，除了资本主义经济进入全球贸易的一个成熟的阶段之外，还有一个政治上的维度，那就是在资本主义的内部产生出了它的对立面，也就是共产主义和社会主义思想，并且随着贸易的全球化，这一思想也随之在全球范围内传播。卡夫卡正是在这样的一个大的时代背景下度过了他的 41 年的人生。

而作为一个作家的卡夫卡，我们一般视他为现代化运动中现代主义的一个组成部分，就是我们一般所说的文学上的现代派的一个组成部分。有的甚至视他为现代派的开山鼻祖，但这个说法需要细究。如果说对现代究竟起于哪个历史时期，有不同的划分法，比如有的认为起于文艺复兴，有的认为起自 18 世纪的启蒙运动，而对现代主义产生的时间点的划分一般来说分歧不大，至少不同说法中的起点相距不远，其中一种有事件、时间、人物作为依据的说法，是说现代主义运动开始于波德莱尔《恶之花》的正式出版，时间是1857年。1857年可以视为现代主义的开端之年。这时候卡夫卡还没有出生呢。而这时候的中国正处于太平天国时期和第二次鸦片战争时期，中华帝国从内外两方面饱受冲击。这是中国的现代化的开端。

是波德莱尔首先提出了现代的概念，波德莱尔精神上的继承人兰波又对现代这一概念加以兰波式的强调，强调要绝对地现代。现代派诞生于欧洲的中心，法国巴黎。现代派包括很多流派，波德莱尔和兰波属于象征主义，这是最早期的现代派，后来还有达达主义、超现实主义、表现主义、荒诞派戏剧、意识流小说、未来主义、存在主义等等。其中卡夫卡与之关系密切的是表现主义。巴黎是现代派的大本营，但表现主义主要发生在德国和德语中。卡夫卡所在的地区是布拉格。从地理上说，离大本营巴黎还有一定的距离。卡夫卡并不处于文化中心地带。但他的经常的旅行目的地有柏林，一个次中心的地区。

卡夫卡所属的群体是布拉格的讲德语的犹太人。这是非常少的一个少数群体。周围的人大部分是捷克人，讲的是捷克语。这样，卡夫卡受到了双重的压抑，一是潜在的反犹太主义的压抑，一是少数语种所受的压抑。也就是说他既是人群中的少数，也是语言上的少数。这是卡夫卡的无力感、失败感、软弱和进退失据的根源。另一方面，正因为他属于绝对的少数，家庭就成了他的绝对的栖身之地，但是在家庭内部，他又受到父亲的压抑。在父亲的眼里，他做什么都是不对的，都是没出息的，都会成为父亲嘲讽的对象。这一点可以从他的《致父亲的信》中得到非常充分的了解。

卡夫卡无意于靠拢当时的主流文学，他对他可以观察到的表现主义文学有所批评。他反感进步主义和历史主义。从一开始他就是成熟的、独立的。他在对个人处境极度的敏感之上建立了他自身的怀疑主义。如果说他是现代主义的先驱之一，那并非出于他的选择，而是现代主义选择了他。

二、卡夫卡的汉语译介和我的阅读

和很多的西方现代作家相比，卡夫卡被译成中文是比较晚的。据《卡夫卡全集》的主编叶廷芳说："60 年代中期出了一本《〈审判〉及其他小说》，作为反面教材在内部发行，那只有少数专业人员可以看到。"我读卡夫卡的时间和卡夫卡在当代中国的第二次传播的时间相当。我印象中，他的第一部被译成中文并发表了的短篇作品是《变形记》，发表在 1979 年的《世界文学》第一期上。1979 年我是晋城发电厂的徒工，月工资 20 元，但我是 3 月份才上班的，上班以后才开始订阅《世界文学》和上海的《外国文艺》，因此错过了这一版的《变形记》。顺便说一句，1979 年我读到的西方现代作家作品有康拉德的《罗曼亲王》和麦卡勒斯的《伤心咖啡馆之歌》等。虽然读得半懂不懂，但留下的印象极其深刻。所以，我一直觉得，能否读得懂文学作品，其实是一个伪问题。文学诉之于人的感觉，当你敞开而非关闭了你的感觉，同时你又不是一个文盲，绝大多数文学作品都是可以接受的。在座的年轻人可以想象一下，几乎没有任何文学出版物的“文化大革命”时期按官方的说法是1976年10月份结束的，这期间成长起来的一个几乎没有接受过任何文学教育的18岁的青年，他居然打开了康拉德的作品，并且读了起来。这证明了一种人的不可思议的精神潜能。我最初读到卡夫卡的作品应该是在1981年，这时候我是晋东南师专中文系一年级的学生。我最早是在《外国现代派作品选》上读到卡夫卡的小说《地洞》和《变形记》，立刻就被震惊了。顺便说一句，《外国现代派作品选》是我们这一代人进入西方现代文学的一个入口。然后我读了《卡夫卡小说选》和他的长篇小说《城堡》。卡夫卡的小说，特别是他的天书《城堡》，在那么早的时候就开始被中国读者所接受，现在想来这是一个十分令人惊讶的事实。我居然在读过《卡夫卡小说选》和《城堡》，仅仅读了这两本书之后，就在1982年的后半年给我所在的班级做了一个关于卡夫卡的读书报告。到1983年我从师专毕业之后还带着这份讲稿，把它讲给我的一个工人朋友听。我给他讲，他在旁边瞪大了眼睛看我，那情景有点像《城堡》中的K和他的两个助手之间的交流。

我的读书报告虽然幼稚之极，但有一点可能讲对了，那就是表现主义和现实主义之间的区别，表现主义是要直接表现本质，表现力量本身，而非像现实主义一样描写受力的对象。表现主义是沸腾的，现实主义是静止的。表现主义是表现的，现实主义是再现的。

以上是我读卡夫卡的第一个阶段。

我第二次阅读卡夫卡到了20世纪90年代初期以后。大家都知道,90年代是一个精神和文化生活比较受压抑的一个时期。如果说第一个阅读阶段是因为震惊,第二个阶段则是因为契合,因为突然之间每个人都成了孤零零的个体,成了《审判》中的K,《城堡》里的K,以及《变形记》里的那只虫子。这种情况下卡夫卡就又一次来了。但这一次他是以散文的形式来的。有几家出版社推出了他的札记和书信,其中最可人心意的是他的情书。

卡夫卡的书信占到了他的全部著作的一半。他曾经说过,他这个人之所以毁了,就是因为写信。但他仍然每天在那里孜孜不倦地写信。书信这种特殊的文学体裁,似乎特别适合卡夫卡。就像是一个漂流在大海上的人,不管有没有人听见都必须得呼救一样,卡夫卡必须得写信。他的情书有两个最主要的收信人,一个是他的初恋对象菲莉斯,一个是他后期的情人密伦娜。他给密伦娜的信达到了17万字。他认识密伦娜的时候已经确诊了肺结核,而密伦娜也有肺病,两人由对病情的讨论发展成了情人,而这个情人主要是信中的情人,虽然他们也有过短暂的会面,甚至可能也确实发生了亲密关系。但无论对菲莉斯还是对密伦娜,卡夫卡对于她们最主要的身份,是一个纸上的情人,是一团燃烧在纸上的激情。和所有的情人都不同,卡夫卡其实并不渴望见面,或者说他最常进入的深渊,就是在后半夜与她们在纸上相会。但是,他也渴望收到回信。如果没有回信,或者回信来得迟了,卡夫卡会表达自己的失望,甚至责备。写信使得语言与现实产生了可触摸的、有证据的,乃至十分温柔的互动。这是对绝望的卡夫卡的一个极大的安慰,甚至成了他的一个黑暗中的安乐窝。这和他的小说写作是不同的，小说只面对根本的问题，处理人所面临的紧张关系，书信却要安逸得多。最大的不同是书信有回音。这些温柔的回音，与其说是情人的赐予，不如说是语言本身的涟漪抚触到了赤裸的灵魂。语言与世界的关系，语言作为一个悖论式的存在系统，人作为一种语言的存在如何把握语言的瞬间并游戏于其上，这些都是书信带来的福音。但卡夫卡的书信、札记和日记，在 90 年代前期的汉语中都还是片段的、选集式的，并非全貌。

卡夫卡创作的全貌随后也呈现在了汉语世界。1996 年河北教育出版社出版了中文版的《卡夫卡全集》，10 卷本。2015 年中央编译出版社出版了又一种 9 卷本的《卡夫卡全集》。人民文学出版社出版了《卡夫卡小说全集》3 卷本。此外还有上海译文出版社等很多家出版社都出版的有卡夫卡主要作品的译本。也就是说至今为止，卡夫卡已经不只是德语的，同时也成了汉语中的一个完整的存在。这就是我进入我的第三个卡夫卡阅读阶段的一个基础。

三、卡夫卡其人

卡夫卡和大部分作家不同的一点，是除了创作之外，他的生活也被经典化了。大家知道，我们阅读一个作家的作品，不一定非要了解这个作家的生活，或者说即使了解到了那个作家的生活经历，也不一定对理解他的作品有帮助。但卡夫卡不同，生活与作品的相互映照，是理解他的一个入口。这是因为他的书信和日记是他的作品的一个重要组成部分。他的内在的自我在其中完全披露出来了。是他自身对其生活进行了经典化。卡夫卡是文学史上不多的将自身生活经典化了的一个范例。

完全不了解卡夫卡的生活，就无法真正地进入其作品，这其中就尤其应该包括《变形记》。

他的基本经历是这样的：他于 1883 年 7 月 3 日出生。他的家庭之后来到布拉格。这是他父亲终生引以为豪的奋斗的结果之一。他的祖父是屠户，他的父亲原是一个穷苦的犹太人，他通过艰苦的奋斗取得了一些商业上的成功，所以能够来到布拉格。当时的布拉格 80 万人口，大多数人说捷克语，五分之一的人说德语，其中的一部分是犹太人。卡夫卡说德语，也说捷克语，但主要是说德语，并用德语写作。他也会英语和法语。

一方面，犹太人面临着或隐或显的反犹主义的压力，这是卡夫卡作为族群的一员所承受的压力之一。另一方面，在家庭内部犹太人是信仰犹太教的，但卡夫卡不信教，他的宗教倾向是希望自己能够接近基督教，而非犹太教，这也是他和他的父亲的矛盾的一方面。再一方面，卡夫卡是长子，也是独子，这个很重要。他的父母好像生了六个子女，存活下来的是四个。他是老大，有三个妹妹，其中他和最小的妹妹奥特拉关系密切。了解了这个情况之后，我们可以作一个这样的联系，就是把《变形记》中格里高尔的妹妹和奥特拉联系起来。在实际生活中，卡夫卡与小妹妹奥特拉的关系超过任何一个其他的家庭成员。在《变形记》中也是这样的。作为长子和独子，卡夫卡需要继承家业。他父亲一生奋斗积攒下的家业和产业，需要他来继承和管理，父亲也是这样来培养他和希望他的。这是他的一个最为具体和紧迫的压力来源。主要的家庭产业是一间工厂和一间商店。但卡夫卡特别怕去工厂和商店，更不愿去管理它们。这是他和父亲矛盾的又一方面。卡夫卡身高 1.83 米，高而瘦，自认为体弱，所以他喜欢运动和散步。他的生活从表面上看充满了阳光，他甚至在那时候就实践过阳光浴，即所谓的天体运动，并且还留下了照片。这一点和他的作品的阴暗性形成巨大的反差。他的形象、性格和谈吐使他比较容易得到女性的青睐。事实上他一生的各个阶段都和不同的女性纠缠在一起，所以才会留下数量巨大的情书。

他经历了科学主义思潮，其中包括达尔文主义，他的作品中的人变虫子、马进化成人、老鼠具有人的缜密思维等等，其灵感和启发来自达尔文主义，也受到表现主义文学的影响。他经历了反犹主义，他走在布拉格街头的时候，有时候会受到当地人的攻击，但不严重，他甚至没有将这个视作一个具体的威胁，或者他在作品中将其抽象化了。布拉格说德语的犹太人有自己的社区，他们大约有 10 万人左右聚居在一起。卡夫卡也经历了犹太复国主义思潮，他曾经表示过想到巴勒斯坦去当一个工人，后期的卡夫卡和他的最后一任女友朵拉也曾经考虑过移居巴勒斯坦（至少是曾经这么说过），他们曾经设想去巴勒斯坦开一家饭店，由卡夫卡在里面担任服务员。还有一个重要的经历是他经历了第一次世界大战。经常被研究家们引用的一则日记，是说第一次世界大战爆发的当天，他在日记里记下他当天去游泳了，没有提到大战的爆发。很多论述者依此认为这表示了他和社会的一种游离的关系。

卡夫卡所读过并受到过影响的经典作家有歌德（他说过："我读歌德的句子，就好像用整个身体走遍了那些重读音节的地方。"），福楼拜、狄更斯、尼采、陀思妥耶夫斯基和托尔斯泰等等。与他同时代的德语作家有里尔克、瓦尔泽、穆齐尔、黑塞、托马斯·曼，马克思·布罗德等，应该说是群星璀璨。其中布罗德是他的密友，是他的天才的守护人、遗嘱执行人、作品推广人。布罗德最先认出了卡夫卡身上珍贵的才能，一直催促他进行创作。在卡夫卡去世后，布罗德奔走出版了《卡夫卡全集》。卡夫卡最喜欢的福楼拜作品是《情感教育》，同时他被福楼拜书信中表达的文学观所打动，极为认同。这一观念在卡夫卡这里得到更加深刻的发展。这种观点我们可以简单地称之为"唯文学论"，即没有文学就没有了一切。这近乎一种文学宗教。卡夫卡从狄更斯那里学习了小说的叙述方法，这主要体现在他的第一部长篇小说《美国》中。在后来的长篇小说《审判》和《城堡》中，他超越了狄更斯的小说叙述法，发展出几乎是独一无二的悖论式叙述法。在哲学上，早期影响他最大的是尼采，后期影响他比较大的是丹麦哲学家克尔凯郭尔。他同时代的德语作家中，他和诗人里尔克在作品朗诵会上相遇过，两人见过面；有一个比他大 5 岁的作家瓦尔泽，两人的文本风格有接近的地方；还有一个大作家穆齐尔，和卡夫卡有过交往，卡夫卡日记中有记载，但他未对穆齐尔作出任何评论。

关于卡夫卡最著名的一个事情，是他在遗嘱中要求布罗德把所有能找到的他的作品全部无一例外地付之一炬。这个遗嘱幸亏没有得到执行，否则卡夫卡就不存在了。实际的情形是，在卡夫卡身体还健康的时候，他在他们的日常谈话中就提出过这一要求，当时布罗德表示他不可能照他的要求这么去做。卡夫卡在临终之前，写过两次遗嘱，这当然是非常非常认真的，两次遗嘱都向布罗德提出了同样的要求。我们之所以不能怀疑卡夫卡这一要求的真实性，是因为他的确曾经这么做过，他把给他的第二个订婚的对象尤丽叶的信应该是全部销毁了。因为写信对于卡夫卡是一个必然的动作，已经到了订婚的阶段，不可能没写过信，但给尤丽叶的信一封也未留存下来。他也曾经让他的最后一任女友朵拉烧过他的作品，烧了一些。

卡夫卡书信的一大部分是由收信人保存下来的，由布罗德从各个收信人那里搜集起来。其中一个最大的收信人，就是和他订过两次婚的菲莉斯，她经常抱怨看不懂卡夫卡的文字，但她还是把所有的信都保存了下来。另一收信人密伦娜本身也是一个作家，意识到卡夫卡书信的文学价值，卡夫卡还曾把自己的一部分日记交给密伦娜，这就全部得以保留了下来。

卡夫卡在身后的出版和传播情况是这样的，布罗德本来计划在卡夫卡去世的当年就寻求出版他的全集，一个非常紧迫的原因是卡夫卡患病治疗期间欠下了巨额债务，布罗德想要以他的全集的出版获利来偿清他的债务，但这一过程很不顺利，主要是因为虽然有人已经意识到卡夫卡的文学价值，但没有市场。真正的第一部全集的出版一直拖到 1950 年才得以实现，这以后才开始了卡夫卡在欧洲的大面积传播过程。

卡夫卡生活中一个重要的方面是他和女性的关系。小时候的卡夫卡羞涩腼腆，畏惧女性，但到了 20 岁这一年，他主动结束了这个过程。他和他家附近的一个女店员，未经恋爱就直接上床了。他也去过妓院。他父亲嘲讽他缺乏男子气概时，会要求他去妓院，以便成为一个男人。这令卡夫卡很羞愧。但他的确去过妓院，至少去过一次，接待他的是一个不太年轻的妓女。在有了第一次经验之后，他在日记里说，原来并不像想的那么肮脏。这体现出他对性的一种矛盾的态度。去过妓院之后，他给布罗德写信说，“我没有安慰她，因为她也没有安慰我”。说这话的前提是，这个妓女对于他们之间的这一次关系缺乏男女情爱关系中的那种亲密感感到遗憾，但卡夫卡认为这是理所当然的。他只是需要一次温暖的抚摸。这表示卡夫卡并非一个完全安于孤独的人。他后来的三次订婚，又三次解除婚约，也说明这一点。他并不像他在文字中表白的那么孤独。

卡夫卡的孤独似乎也是一个悖论。一方面他要求孤独，并且写出了一个人所可能有的最极致的孤独，另一方面他以书信特别是情书，与人建立绵绵不断的联系。在每一个无眠的深夜，他耽留在写给他情人的字句之上，并极力要求对方的回信。书信成为语言的喷涌，语言的自我游戏，必须置身于这样的喷涌之上，这样的游戏中，人才不至于坠落，才能维持住自身的存在。但是书信毕竟是书信，而非小说和日记，收信人的回应之所以必要，就像中世纪的典雅爱情中骑士需要一个贵夫人一样，她是一个接纳、拒绝、响应，可能中断和接续的，难以抵达却又可能到达的语言传送目的地，是写信人和信本身作为信使所驰往的目的地。爱情是解除孤独的一种可能性，需要不断地把信送往那里，以证明这一可能的有或无。“除了期待，什么也没有了，永远的孤立无援。”他在给密伦娜的信中这么说。但有期待，这很关键。

爱情除了直接催生出大量的情书，还影响到小说和其他作品的写作，但这种影响并不是性质上的影响。短篇成名作《判决》是在与菲莉斯刚刚确立恋爱关系之后写的，《变形记》是随后还处在热恋中时写的。从这两篇小说可以看出，爱情并不能影响到他对世界的看法。《致父亲的信》是在父亲阻止了他与第二个订婚对象尤丽叶的关系之后写的。这一次他终于可以把自己婚恋的失败归咎于父亲。与尤丽叶关系的终结导致他开始了长篇小说《城堡》的写作。在最后的一次恋爱关系中，也就是在他生命的最后一年，他写出了《地洞》和《在流放地》等作品。

他的长篇小说、短篇小说、日记、书信、札记、片段等等，作为出自他一人之手的作品，它们有着一个怎样的统一的性质呢？研究者对此有过多种不同的描述和概括，用来描述卡夫卡的常见的词语有悖论、幻想、黑暗、异化、奇特、自传性等等，但所有这些词语都不及“卡夫卡式”来的全面而又贴切。这说明他的独创性越过了所有现成的文学概念。

四、卡夫卡的语言形象

我们都知道卡夫卡的悖论式叙述。所谓悖论式叙述就是指的他的语言形象的最主要的特征。《城堡》中的信使巴纳巴斯，

“并不知道他递送的信件的内容，但是就连他的目光、他的微笑、他的步态，也都好像在传达信息，尽管他对这些信息懵然无知”。人类正是这样的信使，他们的脸是一座防御的碉堡，碉堡里有些什么主人并不知晓；他们的自信展现了自己的无知，自信把无知像宝贝一样遮盖住；他们用自以为是保卫和平和秩序的政治及战争摧毁了公序良俗，还把这样的无可挽回的失败称之为胜利；他们建立家庭，以为有了存在之家，却在其中相互奴役，以暴力相向，消灭自由；他们建立起形形色色的机构，自己却迷失在了其中；他们中负有管理责任的人，即官僚，都是一些昏睡者，尽管管理者在昏睡中，一切却都无法停止运转，一切全凭偶然的摆布；他们驱逐了上帝，认世界本身为上帝，没想到这个上帝更加暴躁易怒，无法交流，像一个摇摇晃晃的流浪汉；罪与非罪，现实与非现实，人与兽，恶与良知，全都搅和在一起，无从分辨亦无法分离……人只有紧紧地抓住现在，这个此岸与彼岸、过去与未来、善与恶、天堂与地狱的交合点，稍一不慎就会掉落深渊，万劫不复。所以卡夫卡极其审慎，一直在寻找语言激流中的准确的落脚点。他认为语言就是生死问题，人因言而落罪。悖论式叙述，是他的一座避难岛，一架桥梁，一个十字通衢，一辆流浪的马车，一个暂可寄身的鼠洞，是他的不得不停伫于此的现在。

坐在狂奔颠簸的马车上，他沉郁的脸孔望向后方，甚至垂到胸前，埋到高耸的肩膀之间。他是一朵燃烧的火焰，他将自身燃烧，并只在自身之内燃烧。火焰不懂得燃烧，亦不懂得停息。所以，他是一个悖论。

五、关于《变形记》

《变形记》是卡夫卡最著名的短篇小说之一，它与另一短篇名作《判决》同属于他的早期作品，也同属于写家庭问题的小说，它们的创作时间非常接近，都产生于他与未婚妻菲莉斯确立恋爱关系之后不久。两篇产生于恋爱高潮中的小说，都同样的绝望，都以死亡终结，这说明爱情的确不能影响到他对世界的看法。

"一天早晨，格里高尔·萨姆沙从不安的睡梦中醒来，发现自己躺在床上变成了一只巨大的甲虫。"这是世界文学史上最著名的小说开头之一，也是最著名的句子之一。正如卡夫卡自己说过的，他可以轻而易举地写出一个完美的句子。这个句子就是例证之一。卡夫卡的天才在于，他总是以常规的语法，朴素的表达，表现出的或者说深藏在其中的，却是一个个深不可测的谜题。这个开头就是一个谜题：格里高尔究竟做了什么梦？他因为什么变成了一只大甲虫？他的梦和他的身体的变化之间有什么关系？

鉴于卡夫卡作品的这种谜题性质，我们也可以以问题的方式对这篇小说进行发问，不论我们能否找到问题的答案，我们至少可以发现一些隐藏在小说中的问题。

1. 格里高尔因何、为何变成了一只大甲虫？

从小说的开头，我们完全看不出格里高尔因何、为何变成了一只大甲虫，之后，小说也并未对此作出交代。从叙述顺序看，在变成甲虫之前，他是做了梦的，因此最大的可能是因为他做了不好的梦。然后，梦中的他来到了现实生活中。这就成功地混淆了梦与现实的界限。事实上，梦与现实的确是连为一体的。格里高尔从梦中醒来，变成大甲虫后，他的意识仍然是人的，是一个公司职员的意识，也就是说他的意识仍然连接着他的昨天；并且他并未对自己的变形感到惊讶和不解，而是自然而然地接受了这一事实。他想的还是如何赶上火车去上班，做他的旅行推销员的工作，就好像他本来就是一只大甲虫，而不是变形而成的，不是突然发生的一个变化。那么，我们只好假定，格里高尔本来就是一只大甲虫。也许过去，也就是在这一天之前，他只是一只表现为人形的虫。

联系到他的作品整体来看，在卡夫卡眼中，人和动物之间是没有界线的，比如他写的老鼠就具有人类的心理，他还写过一匹古代的战马变成了一个现代的律师，在他的短篇小说《乡村医生》中，那个车夫几乎就是一个人兽不分的形象，等等。具体到《变形记》这篇小说，在变形发生之后，小说接下去的叙事笔调又都像现实主义小说一样真实而又细腻，但这些真实而又细腻的笔调却又是建立在荒诞的前提之上的。而且，在这样的狄更斯式的叙事之中，又有变形发生，这就是父亲由一个老弱之人变成一个身穿制服的十分强健凶狠的人。这和《判决》中的父亲一样，都是由老弱变为生机勃勃，而且对儿子具有决定性的攻击力。《判决》中的父亲判了儿子死刑，致使儿子投河自尽；《变形记》中的父亲用苹果轰炸儿子，造成永久的创伤，并最终致他死亡。

2. 大甲虫到底是一个什么虫？

我们姑且认为格里高尔本来就是一只虫，他先是一个由虫变成的人，然后又由人变回了虫，那么他是一只什么样的虫呢？首先卡夫卡的德语原文中使用的那个词，并不是我们翻译过来的这个大甲虫，因为汉语中没有一个可以对应于德语原文的词，只好用了这么一个词。实际上德语中的那个词，如果一定要在汉语找出一个对应的词，“害虫”勉强是这个词。而且，即使按德语原文中的那个词来理解，这只虫也是一只子虚乌有的虫。卡夫卡曾经阻止了他的出版商把这只虫画在书的封面上，因为根本画不出。另外，昆虫学专家、小说家纳博科夫曾经考证过，他的结论是没有卡夫卡所描写的这样一种虫子。但是，这样的一个德语的词却是有的，正如汉语中存在“害虫”一词一样，它意味着无用、肮脏、有害的一种存在。这是卡夫卡对他作为一个儿子的性质及其自身命运的一种指证吗？

那么我们来看看是不是这样。他是一个无用的儿子，因为他无法继承卡夫卡家族的家业，成为一个工厂主。他只是文学，而不是别的；他也无法承受进入婚姻，组建一个家庭，活得像父亲一样那么一个过程。在小说中表现为，他原本以为在父亲破产以后，是他用自己的辛勤工作养活全家，供养妹妹上学，结果事实却是，父母悄悄地瞒着他攒下了一笔钱，没有他的工作收入，父母也照样可以活命。而且，一旦陷入困境，父亲、母亲和妹妹都迸发出了活力，表现出他们原来是有工作能力和生存能力的，是可以不依靠这个儿子和哥哥的。这就是说这个儿子本来也是无用的。这个儿子的肮脏表现在，首先是昨天晚上他做的那个梦很可能是一个性梦，因为他的肚子上有块地方发痒，“那儿布满了白色小斑点”，可能是昨晚的梦遗；然后，他对墙上挂着的那幅画上穿毛皮的贵妇人一直存有性幻想，当他变为甲虫可以四处爬行以后，他就爬到了那幅画上，用自己的身体覆盖住了贵妇；最后，他对妹妹有着一种乱伦的欲望，他不顾自己变形而又肮脏的身体，居然想要亲吻妹妹，并永远把她囚禁在他的房间里；他目睹母亲衣裙散落地奔向父亲，父母抱为一团，因为这是他不该看见的性爱场景，因此他的视线瞬间模糊了。变形之后他变得愈发肮脏，不能吃干净的食物，身上沾满了垃圾。父亲掷向他的那只苹果烂在了他的身体里，也就是说他的身体嵌入了垃圾，是这块垃圾最终要了他的命。在妹妹的小提琴声的召唤下，他公然爬出自己的房间，惹恼了房客，使他的家庭再次面临可能的经济危机。这表明他不仅无益而且有害。

因此，这只大甲虫就是一只肮脏的害虫，理应被消灭，饿死，死无葬身之地；给别人腾出生活的空间。事实正是如此。我们有理由可以猜想，这是卡夫卡的无数次自我贬抑，自我惩罚，自行判决，自我消灭的一个文本过程。这一次和在《判决》中的那一次一样，他否定了一个儿子的存在意义。这和他的生命过程是相统一的，他只活到 41 岁，就迅速地燃尽了自身。而且他留下了焚毁一切作品的遗言。他在小说里预演了自己的命运。

3. 格里高尔当过兵吗？以及——这一问题为何值得提出？

有一个我们在初读《变形记》时很容易忽略的问题，那就是格里高尔当过兵吗？貌似这个问题并不十分重要，实际上这是一个很有意义的问题。我首先说出答案，格里高尔是当过兵的。证据就是，当他变形以后第一次试图要走出自己的房间时，已经成了一只大甲虫的他，费尽周折地用嘴开了房门的锁（还把嘴也弄伤了），这时他扒在门上向客厅张望时，有如下的一段描述："……正对面墙上挂着一幅他服兵役时的照片，当时他是少尉，他的手按在剑上，脸上挂着无忧无虑的笑容，分明是要人家尊敬他的军人风度和制服。"我在这里引用的是《卡夫卡全集》中张荣昌的译本。绝大多数《变形记》的汉译本都像这里的翻译一样，没有把这里的第三人称代词写作是格里高尔，这就给读者造成误解，以为照片上的少尉是他的父亲。只有人民文学出版社 2018 年出版的三卷本《卡夫卡小说全集》中谢莹莹译的《变形记》在这里译出了主人公的名字。联系到后文父子冲突中父亲用苹果砸格里高尔时使用的"轰炸""瞄准"等军事术语，可以认为这是一个当过兵的人的叙述，这个人就是格里高尔，因为叙述视角一直是来自他的。顺便插一句，《城堡》的主人公 K 也是当过兵的，卡夫卡的父亲也当过兵，卡夫卡本人也曾一度有过想要当兵的想法。那么为什么小说主人公是否当过兵很重要呢？这是因为从卡夫卡的很多作品中可以看出，官僚体制中的男人们处于这个体制中间的哪个层级，可以从他们的衣着上看出来。一般来说，官僚们都是穿制服的，制服赋予了男人们一种权威和生机。一个人的奋斗目标往往就是为了一身制服。官僚们虽然没有个性，甚至经常处于沉睡状态，但制服赋予了他们以力量。所以在上面的那段引文中，格里高尔会要人家“尊敬他的军人风度和制服”。他的父亲本来已经是老弱不堪的一个人，在被迫重新工作，当了银行杂役穿起制服以后，又重新变得生机勃勃，充满力量，几乎可以一脚就把格里高尔踩死。而格里高尔却是一个从制服的行列里掉下来的人，而且变形之后永远也无法返回了。

4.《变形记》中是否存在卡夫卡惯用的悖论？

是的。卡夫卡发现了他所在的悖谬处境，从而不得解脱。在长篇小说《审判》和《城堡》中，悖谬无所不在，人物始终处于是与不是之间，语言总在绝处逢生，随即又坠落于无地。约瑟夫·K无罪而又有罪，既已甘心受死，却又“要把这无尽的耻辱留在人间”；K的土地测量员身份始终处于闪烁摇荡之中，“城堡”亦在有无之间，每个人都在神色坚定地受着命运的摆布。炉火纯青的悖论式叙述如同一条深渊之上的河流，将小说世界浮载其上，令所有的确定性都转瞬即逝，但却又始终留下期待在文本之中。悖论式叙述成为卡夫卡独特而又经典的形式。

而在《变形记》这样的早期作品中，是否也存在悖论式叙述和悖论式因素呢？回答是肯定的，只不过在这里悖论不显现在叙述语言中，而是深藏在结构里。格里高尔是一个人性充溢之人，他却已经不具有人形，无法像人一样站立，只能在地上爬行；他是一个具有纯洁责任心的儿子，但他从外形到内里都是肮脏的，他无法抑制自己的性幻想，甚至有了乱伦的冲动；父亲这个人其实也发生了变形，他把老弱和强壮，无能与算计，父爱与凶暴合为一体，构成一个悖谬的存在物；妹妹和母亲，把对格里高尔的爱与憎恶结合了起来，妹妹这个纯真的少女首先将哥哥视为非人，在哥哥去世之后她展露腰肢，显现出一只青春少女身上的黑豹似的活力，亦即兽的活力。

5.《变形记》是一篇艺术上成功的小说吗？

产生这个问题的缘由首先来自卡夫卡本人。关于《变形记》，他说："我觉得这故事写得很糟；也许我彻底完了。"他又说："非常厌恶《变形记》，读不下去的结尾。几乎是彻底的不完美。如果当时我不是因为商务旅行而被迫中断的话，这故事也许会好很多。"《变形记》写于1912年，他的这话是1914年说的，也许并不是随便说的。但是考虑到他对自己几乎所有的作品都不满意，我们不能把卡夫卡的话当作一个标准，如果完全听信卡夫卡，他就是一个不存在的作家。但关于《变形记》的确也有别的说法，比如有人认为它属于卡夫卡早期的不太成熟的作品，无法与《审判》和《城堡》相提并论。持这一观点的就有中国作家残雪。当然更多的评论家是将《变形记》视作了一部已经成为经典的作品。

主要争议产生于这篇小说的结尾。我们都知道，结尾的确是太难了，因为这最终完成的一笔，决定着作品中的整个世界的形状和性质，它几乎是需要上帝之手来帮助的。比如创作时间早于《变形记》的短篇小说《判决》和后来的长篇小说《审判》的结尾，主人公的死亡与小说世界的闭合恰好统一在这里，这就是好的结尾；而长篇小说《城堡》就难以结尾，留下了多个不同的未定的结尾；还有更多的小说片段，因为各种各样的原因，像断尾蛇一样在地上抽搐。《变形记》的结尾，以我们一般的眼光来看，还是顺乎情理的，也符合卡夫卡的叙事逻辑。

格里高尔死后，父母亲和妹妹迫不及待地把这桩烦心事忘掉，他们相互抚摩和安抚了一番之后，一起去往阳光明媚的郊外散步，在那里，妹妹舒展开她那充满青春魅力的身体，表明一切都将是多么的美好。这就一方面加强了死者的耻辱，另一方面是在着力清除死者对生活的影响，尽管这一意图反而可能将死者更长久地留在生活中，使死后的他占据的空间更大；同时在死者死了以后，活着的人都不言而喻地在互相寻找对方的身体，他们相互搂抱，以便互相证实他们各自都还拥有着人的，而非动物的身体，但这也许恰恰证实了，他们正是或者更是一个个具有人的身体的动物，因为家中唯一的善良的精神已经死了。但他的目光仍在，他在无言地看着剩余的一切。主人公没有活到最后，是别人活到了最后，但他的眼光留了下来。没有谴责和哀怨，它只是在那里，在家中，驱之不去。

卡夫卡出于对自身、对创作异常严苛的要求，批评这个结尾，也许如他所说，如果他的时间充裕，会有一部结尾不同、因而整体也就不同了的《变形记》。但是，目前的这个结尾，以及由这个结尾所缝合的小说整体，我们认为是可以接受的，并且几乎是无可挑剔的。所以《变形记》被卡内蒂称为无法超越的“本世纪伟大完美的著作”。类似的赞美还来自很多作家和批评家。

也许只有一个问题，就是死了的大甲虫的最终的去处，由滑稽的女佣人来安排，庶几等于小说对此未作好安排？但这只是我们的一个疑虑，我们已经无法与20世纪最焦灼的心灵作出关于此的对话了。

6. 格里高尔是不是一个小说人物（形象）？

卡夫卡小说的一个显著特点是，他把小说与生活表面的联系切断了，这就使得小说中人物（我们姑且先这么称之）的来源和动机不明。比如《审判》中的约瑟夫·K突然被捕，但是所犯何罪却不明了；《城堡》中的K要到城堡去上任土地测量员，但究竟有没有这么一个任命，不知道；《变形记》中的格里高尔，一觉醒来发现自己变成了一只大甲虫，按传统小说的叙述法，一个人因为罪与罚等原因最终变为非人是有可能的，但从一开始就以非人的面目出现，这就完全割断了小说与生活的联系。这就导致所谓的死亡，在这部小说中出现了两次，一次是身体的死亡，一次是彻底的消失。小说叙述的正是人从身体的死亡到他的彻底消失之间的过程，这个过程并非推进式的，因为失去了人的身体的人同时也就失去了人的行为动机，他已经无力承担推进小说情节的责任。这也是几乎所有卡夫卡小说的表现形式，就是人物都是被动的，不由自主的，随波逐流的，而且谈不到个性、性格、英雄壮举等一般小说人物的核心要素。因此，《变形记》的叙事是平面的、铺展的、缠绕的、无进展的，它是由很多变化的瞬间组成的，其中的每一个变化以及所有的变化，与其说是人物行动的结果，不如说是故事的内部景观的一系列变换。这和卡夫卡的世界观有关。他认为人类已经卸下了他们应负的责任，没有人关心这个世界，也没有人可以对这个世界负责，而且政治和战争又一次次将古老世界剩余的那点意义继续瓦解和轰毁。因此人的任何行为都是无意义和无效的。

在这样的认知基础上，卡夫卡的文学观也与众不同，他认为文学是无用的，有用的是创作。人可以在写作的瞬间获救，一次次地获救，但那些瞬间是无法固定的，它们只是一个个流逝中的现在，当一个个现在构成历史之后，整体上又成为僵死的了。在这个意义上说，情节也成为不必要的。以神意，或以英雄行为来拯救世界的古老套路，对卡夫卡来说就显得过于陈旧和虚假了。

所以，在卡夫卡心目中不存在所谓的小说人物，他称之为图像。他说：“我不描绘人，我只讲故事。这是图像，只是图像而已。”故事是不得不有的，因为世界仍然存在，生活仍在，人在其中进行着对话，这是不可否认的。卡夫卡承认对话的重要性及其意义。这是他所有写作的基础。正是在对话的，交往的，语言相通的，以及相互表达爱意的瞬间，人才能凝聚起他们逐渐沉沦的碎片般的存在，得以在黑暗中闪现。因此，没有人，只有图像。

针对《变形记》是否有自传性这一问题，他说：“《变形记》不是自白，虽然它在一定程度上是一种披露。”它不是控诉。也许含有自我判决。归根到底它是对内在景观的一个披露。实际上他的所有的作品都是这样的。所有作品都是个人的，私人的，内在的景观。“每一件真正的艺术品都是文献和见证。”它不是历史文献，而是私人文献。因为有神看顾或者有人为之负责的公共世界已经不存在了。历史事件的堆积毫无意义，个人的获救是唯一的希望所在，尽管这一希望也是令人绝望的。

这也是卡夫卡不愿自己的文字公布和留存下来的理由。

2019 年 10 月 7 日演讲于阳城鸿远

2020 年 8 月 13 日整理完成文字稿

第二辑　感知历史

唐素琴的坚硬人生

——读高尔泰散文《唐素琴》

高尔泰是画家、作家、美学家，当过教师、“右派”、文物所干部、牛鬼蛇神、教授，在著名的夹边沟农场劳改时他曾经天天与死神面对面，在被称作拨乱反正的新时期的20世纪80年代末蹲过看守所，在那里面他曾被迫成功地反击了“狱霸的暴政”。他少年即成名，22岁时因一篇美学论文名噪一时并因此而被打为“右派”，在风起云涌的80年代，这颗“蒸不烂、煮不熟的铜豌豆”因人道主义论调再遭批判。老来壮游北美，卖画为生。其散文集《寻找家园》，以在夹边沟劳改农场和牛鬼蛇神时期冒着生命危险记下，并从此终生携带的那些小纸片为素材，在美国写成，出版后获普遍赞誉。这篇《唐素琴》就选自该书。

北岛说高尔泰文笔如画，几可触摸，一是因其有绘画出身，二是因为一个人在与汉语隔绝的环境中写作，语言纯然地成了一种艺术的材料，纯度倍增，便于进行艺术地加工，因此，“高尔泰先生在不直接使用汉语时，写下了当代《红楼梦》般的汉语”。

但就《唐素琴》一篇，似还不能完全领略高尔泰语言的好。

我是在读《寻找家园》全书时，经常冷不防地会被突然出现的神来之笔所震慑。他的语言中那种冷峭的诗意，金子样闪光的画面，山倒河开般的叙述，直可以把人击倒。

他写日本人战败离开之后，中国南方乡下的情况，“建立大东亚共荣圈”之类的标语还在墙上，老百姓却并不去管它，只在这标语之下买卖各色蔬菜，“讨价还价，市声鼎沸”。标语仿佛变成了一种自然的景观，“在人们无心的漠视里被更深地埋葬”。生活迅速地在废墟之上重新展开了，悲哀、愤怒、喜悦之类，或者我们后来由影视剧及其他文艺作品所塑造出来的，与战争相关的种种情感都来不及表现，抑或已经被新的情感所取代。这样的叙述，是出乎我们的想象之外的，非亲历者无法写出，虽亲历而善遗忘者亦无法写出。

他写1989年从多年磨难中走出来的他，去看望他的大姐一家。他看到当年活力四射、兴趣广泛的大姐早已不复当年形象，大姐一家人在一个空荡荡、乌黑、腐烂的环境里任贫穷折磨，“只有阁楼上的一堆稻草是新的，闪着黄澄澄的光，异常触目”（《兰姐的标本簿》）。在如此令人心碎的环境下，突然跳出来这样的一个句子，登时令人目骇神迷，良久难以自抑。这是一种高尔泰式的生活发现能力。在夹边沟，在看守所，在所有非人的环境下，他时常能有这样的发现。这是一种内在的光束，为绝望者照路。

此外，高尔泰的用字，亦颇见炼字的功力，比如他写南方家乡湖水对岸的山，叫作“一鬟青山”（《梦里家山》），这个“鬟”字事实上在简化汉字中已经消失，如换作头发之“发”，此句就疑似不通了，但用繁体本字则有字句如画的效果。还有，他写从山上高处看下面，许多池塘、村庄、水田、旱田，“洒出去一望无际”（《祖母的摇篮曲》）。这个“洒”字把一个少年在生命之初的那种新鲜的目光写得多好。比之以青年时代以后的多灾多难，更叫这样的好夹杂了诸多不可言说和不堪回味的况味。

《唐素琴》一篇，虽然也归入了《寻找家园》写早期生活的卷一“梦里家山”，但无忧无虑的童年、不省世事的欢乐已经过去。这篇写的是人在种种的劫难里面，在荒谬的政治处境之下，是什么支撑他们度尽劫波，鬼打墙似的在生之迷宫里原地打转。

唐素琴是一个思想“正确得可怕”的学生干部，是一个进步女青年，但这并不妨碍她被打成“右派”，被送到南方的夹边沟农场劳改，吃尽了苦头，这是因为她的家庭出身不好。“她一度得了精神分裂症，自杀过一次”。她和她一向所帮助的落后青年高尔泰同时被打成了“右派”，同时在滨海的南方和西部荒漠里的劳改农场接受劳动改造。这是一种奇怪的殊途同归，高尔泰被打成右派是因为他鼓吹人的美学，唐素琴却并不是因为她本身思想的过错。两个向着不同的人生方向走着的人，走进了同一种归宿里。唐素琴却并未为此感到惊讶，她丝毫也没有意识到支配她的命运的，正是她始终引以为傲的那个“正确思想”。

“一个目光清澈明净，羚羊般活泼美丽的女孩子”，完全就是青春和希望的象征，瞬时被一场政治运动打成了一个皮肤干皱松弛、憔悴佝偻、目光呆滞的小老太婆，而这时的她其实还是一个青年。她的“清洁整齐，庄肃从容”的人的尊严被打掉了。但更可怕和更不可思议的还不是这个。

从始至终，唐素琴的“正确思想”都没有发挥过任何人生的效用。它既没有帮助她躲过政治的灾难，也没有能够指引她追求适合的爱情。她爱高尔泰，她却一直没有明白，她爱的是一个与她完全不同的人。她把自己倾吐爱情，记录最珍贵情感的日记本交给高尔泰看。她知道对方是不会爱她的，她也知道对方是不会改变的，但她还是要这么去做。正如她在这日记本中所记下的，她读了陀思妥耶夫斯基的《罪与罚》，她将自己与书中人物比较之后，意识到“我的一切早已被剥夺和摧残得一丝不剩”，但她却不知这样的“罪与罚”所为何来。她看了菲格涅尔的《狱中二十年》，明白了“她视为神圣的信念已成荒谬”，她并且明白了，她还没有学会从政治的角度看问题，就已经在5年中失去了20年，已经成了一个不被理解、不被需要，被憎恨、鄙视和践踏的多余的人。但是，这样的人生和真理的省思只停留在了日记本里，当本身的境遇稍有改变，那个荒谬的信念就像一个曾经被废黜现今又重新复出的王一样，倏然回归到了王位之上。这种合理的回归，理所当然地把荒谬感忘却了——或者简直就是消解了？老年的唐素琴，当上了政协委员，“银发耀眼，目光清澈明净，好像又恢复了昔日的光彩”。并且，她重又变得“正确得可怕”。

唐素琴这个人的身上刻印着一部完整的活生生的中国当代史。20世纪50年代初期，她的青春和梦想与新中国同步；“反右运动”中她被打成“右派”，这是理想和信念所必经的炼狱；60年代初期，她奄奄一息，黯淡无光，在死亡线上挣扎，正是所谓“三年困难时期”的个人写照；“文化大革命”期间，她因为已经沦落为小人物、临时工，而得以安全度过，但她当然也会目睹了那场席卷所有角落的“十年浩劫”；八九十年代，神圣而荒谬的信念又回来了，她重新又成了正确思想和主流价值观的拥有者。于是，一个人的人生与一个国家的历史，就这样奇特地重叠在了一起，堪称珠联璧合。其中饱含的戏剧性，就历史的眼光观之，其实可能是一种戏剧性的缺乏，因为一种国家主义支配下的人生，其内核必定是过于坚硬和不耐咀嚼的。

思想的灰烬覆盖住了悲痛的人生及其所有的往事。往事如烟，这才是最为悲怆的。

2014 年 3 月 17 日

漂泊者的表情

——北岛的《听风楼记》

北岛现居香港。他从20世纪80年代末去国远游，自北欧至北美，经过漫长的远处的游弋，20多年后回来了，但他又没有完全回来。这有点像他写过的一个西班牙诗人，去到离祖国很近的地方，为的是既可以观望到祖国，又不卷入到祖国内部的政治斗争之中。不同的是，香港是祖国的一部分，它并不外在于祖国。这样就是，身在祖国之中，却置身于祖国内部的纷争之外。这是一个流放者所能找到的最佳位置。在他自己看来，这是一个超越性的位置，不仅超越于各种政治，而且超越于各种文化之上。

但是在我们看来，一个流放者的乡愁是无法想象的。祖国和故土散失在无底的时间中，想要重新拥有已不可能。著名的流放者纳博科夫曾以“说吧，记忆”作为他的回忆录的书名。幸亏他们都是作家和诗人，可以让记忆张开嘴，吐出珍珠般的文字，搭建起一座软桥，走回到童年的梦境，以慰乡愁。北岛写的是散文集《城门开》，那是他重回童年北京的一座“城门”。他穿过那“城门”，回到北京了吗？真实的北京是童年的那个，还是今天的这个，抑或北京只是几十年来逐渐流失的含义和迅猛积累起来的物象？连我们这些身在故乡的人也变得日益地空茫，可以想见流放者的回归之路有多么悠长。

而在故乡的人们的幻觉中，流放者却从未被真实地流放过，因为他的话语一直都是在场的。他的出走的背影，哪怕如北岛般枯瘦，哪怕只剩下一根脊梁，一根60多岁的脊梁，它仍旧会日复一日地将他的话语掷回到祖国大地。何况像北岛这样的流放者，根本是无法被流放的，因为他已经永存于母语之中了，无论他走到哪里，持何立场，无论他反对不反对他自己早期的诗歌，他都已经无法抹除他那些始终在场的证据。

当北岛在异乡的讲台上诵读他的诗歌，他无非是在把语言的密码一遍遍地重新发送回他的祖国。那是他的另一种形式的在场。他在《关键词》一诗中写道："一只孤狼走进 / 无人失败的黄昏 / 鹭鸶在水上书写 / 一生一天一个句子。"这样的苍茫之境，如此的自然而然，使我们得见汉语之老树生花，静水扬波。这些在异国语言的静谧中写就的诗句，当然是写给我们的。

北岛开始写作散文时，他是在勾绘世界诗歌地图。他以散文描写诗人。他以一种独特的散文文体把散布于世界各个角落的诗意收拢为一堆，又一堆。用他的语言来说，那是用大雪来挽住火焰。他居然做到了。那些从他的散文中走向我们的诗人，都与生活、语言，特别是我们的汉语，达成了某种和解。那些嚎叫者、垮掉的人、桀骜不驯者、失败者和抗议者，都在北岛的散文文体中，变得安静、平和，懂得生活，有了烟火气，非常生动地与我们相逢相识甚至相知。他们的身影固然是巨大的，然而他们也是生动而富有色彩的。如果没有北岛散文中穿西装的金斯堡，我们就只识得一个永远在号叫着的金斯堡。北岛写的很多诗人，都是他认识的，和他谈过话、喝过酒的，是他的生活和社交的一部分。他和他们在另一种语言中相识，然后把他们领回了汉语之家。

北岛在 20 多年的漂泊生活中，已经可以自如地在英语的水面上滑翔，并无障碍，但他却又回来了。他以他的散文和身体的双重回归，证明了我们所想象的流放者的乡愁实际是无法想象的。就连回归者的身体都是超出了想象的，并且是超越了记忆的。他的脸部聚集起了更多的神情，不再只有冷峻；他的身板挺直，仿佛一种更高的耸立。他的变化，从脸部到身体，可以称之为无表情。只有久别回归的人，可以给我们带来这样一种仿佛历史的天空一般的“无表情”。

这一表情也出现在他的散文中。比如这篇《听风楼记》。

《听风楼记》写的是历史剧变时刻一个老知识分子的表现，以及他随后的逝去。他叫冯亦代。他也是我这一代人在成长时期耳熟能详的一个人物。但无论什么样的人物，都只能是一个历史的人物。这里根本就没有什么“时间的玫瑰”，有的只是尘埃、证据、风干的眼泪、历史的枝干上盘旋状的死木头。这块先死的木头却比整棵大树存在的时间更久，因为它更难磨灭。

深重的恐惧曾经怎样地压迫着人们，怎样地压迫着这位名叫冯亦代的老人！在他年老的时候，在他经历了一切的时候，在他用听风楼里的一只脸盆给自己擦澡，准备日复一日地就那样过下去的时候，历史居然发生了转向，这是难以置信的。这是不可能的！但它真的发生了，面对并且置身于这一历史性的时刻，这位老人的反应是：

> 他若有所思，嘴张开，但并非笑容。

这样一种历史的暴力，瞬间就废除了所有的语言。冯亦代是一个翻译家，但就连他也翻译不出是藏于何处的何种秘密代码颠覆了历史的进程。他长年潜伏在“听风楼”里，听来听去，却没有听出个所以然来。倒是北岛这个二十郎当岁的年轻人，充作历史的先声，来给他报信了。于是春天就来了，冯亦代老人的心苏醒了，他不再是“美蒋特务”“死不改悔的右派”“二流堂黑干将”，但是，又过了许多年，当记者让这位文化老人总结他的一生时，他所表达的并非对于春天的感激，相反，他说他的一生用一个字就可以总结，那就是：“难。”此刻，“……老人突然怆然泪下，不停地抽泣”。

在冯亦代参加革命的20世纪三四十年代，知识分子与革命的复杂关系曾经许以青年知识分子们某种人生的张力和浪漫的遐想。在革命成功之后，知识分子与革命的关系变得越来越单纯，越来越简单。直至几十年后，亦即几近一生之时，冯亦代老人才从灰烬中爬出，这时候他已经顾不得想更多，只有开始拼命发挥晚年的余热。他参与创办了《世界文学》和《读书》杂志。尤其是《读书》杂志，从改革开放至今，一直独立潮头，可以说哺育了以我这一代为中间一代的前后三代人，而且还在继续发挥作用。冯亦代功不可没。

但是，老人内心的悲痛并非外部的历史可以纾解的。当历史在流放者的笔下迅速翻到2001年的一页，海外归来的北岛到医院看望躺在病床上的冯亦代，老人又哭了。他的眼泪再次以莫名的悲痛打湿了我们所有人的心。当北岛叫了病床上的冯亦代一声“冯伯伯”时：

> 他突然像孩子一样大哭起来……周围的人纷纷劝慰他，而他号哭不止，撕心裂肺。他从床单下露出来的赤脚，那么孤立无援。

这双“从床单下露出来的赤脚”是如此的触目，令人不敢直视，为什么？因为它揭示了人在历史中的孤单，人在大地上的孤单，人在人群中的孤单，一句话，人在世上的孤单。没有人可以救你，所有人，所有物，所有关系，都会撒手，任你孤零零地死去，任你死得无影无踪、无声无臭，就像你不曾来过这世上一般。

当然，作为历史人物的冯亦代，造成他的孤苦的，也自有他本人的原因在。在北岛的这篇文章发表之后，2009年4月，章诒和在《南方周末》上撰文披露，20世纪50年代末至60年代初冯亦代在她家，亦即头号大右派章伯钧家，当“卧底”的秘事。而更在此之前，是冯亦代自己在其回忆录《悔余日录》中，首先以比较隐晦的方式作此披露的。冯亦代的《悔余日录》是一种特殊形式的忏悔录。我们似乎可以相信，他的眼泪也是。

但北岛的叙述是无表情的，或者说那是一种历史的表情，抑或天空的表情。北岛愈来愈以这样的一种表情望过来。

2014 年 7 月 1 日

天真汉的命运之歌

——陈徒手《一九五九年冬天的赵树理》

赵树理（1906—1970），生于山西省沁水县尉迟村一个农民之家，早年为流浪汉和民间艺人，1925 年入读设于长治的山西省立第四师范学校，在校期间接触到五四新文化运动和共产主义思想，为校内学生运动组织者之一，1937 年加入中国共产党，1943 年写出小说《小二黑结婚》《李有才板话》后声名鹊起，成了解放区“除了毛泽东、朱德之外最有名的人”（据贝尔登《中国震撼世界》），受到彭德怀的肯定和郭沫若、周扬、茅盾等文坛大家的赞誉，1949 年后写有长篇小说《三里湾》，短篇小说《登记》《“锻炼锻炼”》等，1959 年写万言书《公社应该如何领导农业生产之我见》给《红旗》杂志总编辑陈伯达，对当时农村存在的问题提出自己的看法，因此在“反右倾机会主义”运动中受到批判，但随后不了了之，1962 年后一度被誉为写农村的“铁笔”“圣手”，但不久又因写“中间人物”遭到否定，1966 年“文化大革命”爆发后受到长期的剧烈冲击，在批斗中被打断肋骨和髋骨，终于 1970 年 9 月 23 日，即其 64 岁生日的前一天，被批斗至死。

赵树理从 1943 年被树立为毛泽东文艺思想的典范后，一路顺风，至 1959 年第一次受到政治运动的冲击。陈徒手《一九五九年冬天的赵树理》写的就是赵树理在政治运动中初尝挫折时的表现。

赵树理的作品和他作为一个作家的特色，一是其语言的运用和文学通俗化的努力与以鲁迅为代表的新文化运动中所有作家都不同，尽管他们都写的是白话文学，但赵树理的白话文学直接接通了中国最宽阔的底层——农民。赵树理写的是农民文学，而鲁迅们写的是启蒙文学，亦即精英文学。在鲁迅们的眼中，中国农民是集中了所有民族劣根性、缺乏生机、有待唤醒、可悲可悯的一个群体，在赵树理的笔下，20 世纪 40 年代解放区的农村呈现出了解放的活力，农民们在中国共产党输入的外力之下，正在重新安排新天地，比如《小二黑结婚》中的自由恋爱，《李有才板话》中阶级斗争的新胜利等。第二，赵树理的小说是问题文学、遵命文学，如《李有才板话》“是配合减租斗争的，阶级阵营尚分明”，《李家庄的变迁》“是揭露旧社会地主集团对贫下中农种种剥削压迫的，是为了动员人民参加上党战役的”，小说《地板》则是为了指导农民“和地主进行说理斗争”。而且，无论赵树理在语言通俗化上的努力，还是他的问题文学意识，在他都是自觉而非偶然得之的，他说：“我有意识地使通俗化为革命服务，萌芽于 1934 年，其后一直坚持下来。”（以上均引自赵树理在“文化大革命”中的第一次检查材料《回忆历史认识自己》）赵树理的“使通俗化为革命服务”意识的产生比毛泽东《在延安文艺座谈会上的讲话》的发表早了许多年，1943 年以后他只是生逢其时，得到推重。赵树理的这种文学观与鲁迅们的显然根本不同，用今天的话说，文学的和精神的主体性在赵树理那里是不存在的，赵树理要做的是革命的传声筒。第三，赵树理从来都是要深入到人民群众中的，那是为了要发现和解决问题。赵树理去农村不是为了“深入生活”和发现素材，这是他有异于所有现代作家之处。根本原因在于，赵树理本身是一个革命新人，他像“小二黑”一样以十分单纯的热情，走在奔赴新社会的途中，这个新社会只能是社会主义的“新农村”。和所有的革命“新人”一样，赵树理在骨子里有着一个狂热的理想，他奔赴各处：他的老家尉迟村、平顺川底村、晋城峪口村……他在所有这些地方的田间地头从事实际的工作。他放弃了10级干部的工资，捐献出了他在北京购买的住房，主动离开北京到太原，挂职阳城县委书记处书记，最后兼任晋城县委副书记，认认真真地开会，执行各种各样任务。赵树理的所作所为，不是一个现代作家的形象，而是一个革命者。人们所指称的赵树理的天真、执拗、朴素，以及他的幽默感，也都并非一种单纯的个性，而是其革命热情的表露。赵树理既天真又讲求实际。赵树理的革命性来自他的社会最底层的出身和成长过程，他的讲求实际也一样。

赵树理自参加革命以后很长一段时间，他的革命性要求与中国革命的整体进程是合拍的，所以他一直是一个内心明朗的革命者，他笔下解放区的天是明朗的天，他那时的笔是真正出自内心的。但是，一个革命者是否就不会与革命本身发生冲突呢？非也。革命者是必须要放弃他的自主性的，因为革命不是一个人的事情，而是一个组织的事情，如果革命者不能与组织一致，他的革命性就会遭到怀疑，甚至他的革命权利就会被残酷否决。托洛茨基派以及历次“路线斗争”中的失败者就是这样。这就是为什么革命的领导权至关重要，革命总是需要一个领袖。革命的意志在很多时候表现为领袖的个人意志。

像赵树理这样的单纯的革命者，可以在土改运动、三反运动、五反运动、肃反运动、新三反运动、社会主义改造运动、合作化运动、反右运动、反右倾运动等诸多的运动中都踩对了鼓点，都走对了步伐，但他终究有一次要踩不对鼓点，走不对步伐，1959 年的赵树理就是这样。1958 年他相信农村已经解决了粮食问题、吃饭问题，这是他天真的一面。1959 年，严酷的“三年困难时期”开始了，他在沁水、阳城等地发现问题，他把这些问题归结为人民公社领导农业生产的方法问题，于是有了在彭德怀“右倾机会主义反党集团”已经被“打倒”之后，他以《公社应该如何领导农业生产之我见》为题万言上书一事。他当然会遭到批判和“帮助”，但批判和“帮助”他的人的观点并不能令他信服。他的执拗表现出来了。他甚至因此而反思了中华人民共和国成立以后的八九年，说什么“在这八九年中，前三年感到工作还顺利，以后便逐渐难于插手，到去年公社化以后，更感到彻底无能为力”。这是一个革命者的困惑。一个革命者对于革命的整体进程“难于插手”，“无能为力”，这是革命者所无法接受的。革命者被革命抛弃了，他也当然不能甘心。

人民公社的问题为赵树理亲眼所见，任何抹杀这些问题的说辞都是无用的，但是，这些矫饰的、虚假的、无用的说辞却是正确的，看见了事实的赵树理才是错误的。这让这个天真汉感到不可思议。

1959 年冬天对赵树理的批判只是赵树理命运之歌的一个迟来的序曲。他的命运的展开是在“文化大革命”中。在“文化大革命”初期刚开始批判他时，赵树理在一张批判他的大字报上题词：

尘埃由来久，未能及时除。
欢迎诸同志，策我去陈污。

他的幽默感在这之后还持续了一阵子，但是，随着批判的深入，赵树理幽默不起来了。在命运的最后时刻，他抄写了一份毛泽东的《咏梅》词，嘱咐其女儿转交给党中央。他仍然在争取他作为一个革命者的权利，包括死后的权利。

“已是悬崖百丈冰，犹有花枝俏。”他表明自己是最革命的，并且可以承受最大的压力而无悔，但是，命运，没有再给他一次机会。

2014 年 4 月 28 日于赵树理文学馆

站在哪里看往昔

——读阿城散文《听敌台》

阿城写于20世纪80年代的小说《棋王》，当时震惊文坛，至今仍是名篇，进入90年代之后他却不写小说了。他后来多写散文，如《常识与通识》《威尼斯日记》等。阿城博学通识，来去洒脱，笔墨冲淡而能意韵悠远，善于从世俗生活中采撷幽默、逸趣，并以之贯通古今文化之源流。他还参与电影的制作和时尚杂志的策划。阿城给人的印象仿佛是一个无所不能无所不通的独特大家形象。

此篇《听敌台》选自由北岛和李陀主编的《七十年代》一书。阿城在这里讲述20世纪70年代，他和他的知青伙伴们以及山高皇帝远的农民们，是如何经历了中国社会大变动的前夜的。他讲他们当年在遥远的云南边境，如何靠收听境外广播，迅速得知最高层政治秘密的情况。这在当时叫作“听敌台”。现今中年以上的中国人大约都还能记起此类事件在当时会引起多么严重的后果，以及会造成多么神秘的恐怖气息。

阿城是达人，当年二十郎当岁时就已经是。他有一篇写他父亲的文章，讲他父亲当了20多年“右派”后终获平反，准备庄重而又隆重地去出席平反仪式。此时的父亲，希望听听儿子对此事的看法，没想到儿子的看法却比父亲更明白，更“透”，那就是，所谓平反，对于一个被压迫了30年的人来说，其实已无意义。从儿子自己的角度，他甚至感激父亲在政治上的变故，因为这使得儿子靠自己得到了许多对人生的定力。这就是阿城文字中由宠辱不惊、冲淡如水而得以出神入化的中国式隐士风度，所由来的非常具体的人生基础。中国的哲学、哲人，很多是这样来的。中国其实没有贵族的哲学，如柏拉图和黑格尔那样的，有的只是苦人的哲学。

在《听敌台》一篇中，阿城仍旧扮演了一个不动声色、洞若观火、冷峻幽默的历史叙述者。他不控诉、不呐喊、不矫情。他只用白描的笔法，轻轻一点，就烘托出当时气氛，暗示出历史的情境。他写1971年9月林彪事件发生，他们云南知青当天从“敌台”得知消息后，那种震惊的无法克制的喜悦，他这样写：“虽然竹笆草房永远都是透气的，但大家还是往外走，觉得外面空气好一些。”写基层党员干部政治立场之易变，说的是生产队长去县上开会，接受完他们其实早已经知道，只是假装不知道的传达内容，回来给知青们说的是：“党中央说了，鸡巴林彪逃跑了”，“没的副主席了”。

重大的政治事件发生了，老百姓并不评判，他们无权也无能力作出判断，他们只接受来自上面的评判，他们的接受迅速而无任何障碍，因为皇帝身边的事与他们无关。好的一点是，政治大事可以给沉闷到几乎完全停滞的社会生活带来一丝震动，就像突然刮来一阵风，周围空气得以被搅动了一样，虽然为什么要刮风，不知道，刮过之后为什么一切又重新归于平静？不知道！不管他，也管不了。

但阿城的文章永远不会光写政治，或者某一个其他的主题。阿城文章，或者说阿城的文体，总是笔力四射，总能一石多鸟，从而达到意蕴深广。他的办法之一是用闲笔。他在其他地方讲过，他顶佩服古人文章中的用闲笔。关于闲笔的美学，他一定深有心得，因为真是太得心应手了。文章开头，他先不说怎样听敌台，先说如何度日如年，“时间实在是太多了”。他们知青的最好的青春时光，在万里之远的云南的山上消磨着，现在忆及当时，他个人当时的想法却是，古史都是大事记，干了一件大事的人，就被记下了，干大事的人也得有无事可干、闲得慌的平常岁月，那些日子也不过如此吧。这种闲笔似颇能显出点道家风范。但这样的一种仙风道骨，苦乐齐观，难道没有反讽的意味么？

所谓闲笔，我的理解，就是不重功用，而重神采、逸趣和别味。阿城以闲笔和宕开一类的笔法，扩展了散文的边界，丰富了文章的题旨，加多了一篇之内的美学层次。使得一篇文章好似一座园林建筑，只在一个平面之内，就能造出空间和时间的曲折回环，交相变奏，以及各种空白和叠加。

王安忆说当代作家中有清谈风格的，唯有阿城一人而已。魏晋风度，已成绝响。一脉之传，只在阿城？读此篇亦可体味到阿城清谈的风格。首先，他的文字确有一种对谈的味道，娓娓道来，时见峰回路转。他谈到70年代在云南知青的生活情状，谈到云南方言，及其在政治生活中的运用，都很有趣又别有味道。清谈而能令人色变，则就别有洞天了。比如，说听敌台说到最后，他总结道：“听敌台，思维材料就多了。思维材料多了，对世界的看法就不一样了。对世界的看法不一样了，就更觉得度日如年了。”这样貌似既无温度，又无色彩，还又拖沓的语言，完全像平常人说话，却势大力沉到黑云压顶一般，把人罩住，几乎要令人窒息了。经历过 70 年代又忘记了 70 年代，却又要把怀旧当成乐子的人们，不妨对这一段多看几眼。

接下来，1976 年的金秋十月，“四人帮”被粉碎了（阿城用的是“‘四人帮’被抓”，我记得那时的媒体语言用的是“四人帮”被粉碎和粉碎“四人帮”）。这几乎就是历史终结的时刻。时间又重新开始了。站在这个历史的岔口，你可以看见希望的曙光正从天边移过来，天就要亮了；从另一角度，也可以看到一种结束，浪迹天涯的知青们可以告别发配地，回家了，尽管日子不由他们来定；往远一点看，还可以看到大历史之种种新迹象，可以乘机遐想一番。以上种种，都是我们几十年来对 1976 年的叙述定式，仿佛我们真的是这样想的，并且仿佛历史果真也已经证明了似的。究竟证明了什么呢？却又不能细想。

但是，也就在此时，阿城带着他的准备永久使用的自制音箱，和一些吃食，从北京辗转回到了他的云南知青点，当晚和别的知青在水库边喝酒，他看到小水库上边的天：

明月当空，星尘糜烂，唯愿人长久，到老不白头。

这也是一个结束和开始：理想主义休歇，人生从此可以开始了。

这样的悲怆，却正值“星尘糜烂”。但宇宙从来都“星尘糜烂”，虚空以待人生之欢乐。只是人被拨弄，无可言说。

再收一句，便收束住了全文，这便是：

当此时，心下澄明。

直叫人连唏嘘慨叹之声都发不出。
唯有闭起嘴巴。

2014 年 1 月 8 日晨 7 时

何为知识人？

——由詹谷丰《书生的骨头》说开去

中国古代叫作士，现代叫作知识分子，日常用语中称为书生、读书人、文人的那个阶层或群体，究竟应该包括哪些人，学术上有着各种不同的界定，但大体上来说，人们无须在概念或名称上过于追究，凭着各自的常识和直觉，还是可以认出这种人的。比如《书生的骨头》一文中介绍的这位刘文典先生，即使我们读此文之前并不觉得这是一个如雷贯耳的名字，但看了这里对于他的粗略的描述，我们即可立即认定刘文典是一个知识人，是一个曾经很重要的人物，只是时代的变迁使这名字不为今天的我们所知，或知之不详。

是的，我在这里用"知识人"一词替换了其他的称谓。这是因为"士"作为一个古代的称谓并不与现代的"知识分子"概念完全重叠，而"知识分子"一词又在历年的使用中发生了内涵和色彩上的较大变异，仿佛它总会令人联想到意识形态的语言环境，因此而成了一个有点尴尬、面目多样、多头神怪一般的角色，而"书生"和"读书人"这样的称谓又显示不出这一群体的颇为积极主动并极端重要的历史的、社会的和国家性的功用，"文人"一词的含义则因太过广大而流于浮泛。因此换为"知识人"这一较为中性的称谓，有助于在现有社会条件下对这一群体取得相对客观的新的认知。

首先，现代民族国家本为知识人所缔造。孙中山、毛泽东、蒋介石等领袖人物原是知识人，他们在国家转型、民族独立、现代国家制度构建的活动中发挥了核心作用之后，转而成了国家、民族的代表和象征性形象。他们是知识人在现代民族国家建构中最为显见的历史功用的证明。列宁、托洛茨基、卡斯特罗等其他国家的左派知识人在他们的国家、民族中也发挥了同样的作用，实际上这是19至20世纪的一个世界现象，不独中国如此。需要注意的是，领袖人物的政治“成功”使得他们从知识人群体中超拔出来，成为国家的代表之后，作为全新的国家权威驾临于全社会，从而成为他们原先所属的知识人阶层的最可畏惧或尊崇的国家象征。这是现代民族国家中知识（人）与权力之间的转换、蜕变的一个概略的关系史。

然后，原本的知识人成为国家和民族领袖，他的“理想主义”将对本民族的发展道路和生存方式产生重大的乃至于决定性的影响和后果。这是知识（人）与国家权力之间的又一层关系。如果说孙中山的三民主义只是一个政党的政治纲领和他们心目中未来国家的一张蓝图，而仅只这张蓝图就已经揭开了国家现代化演进的序幕，那么蒋介石在其后的长期执政过程中，试图将其本身的思想、理念加于全社会，则是一个“领袖”对一个民族的社会、历史所发生的绝大影响。例如由蒋亲自发起的长达15年的“新生活运动”就是一场近乎全面、已经落为实践的全面的社会改造运动，虽然这场运动因其军事失败而未能进行到底。自1934年开始，延续至1949年间的“新生活运动”并非徒有虚名，它是蒋介石及其幕僚企图以某种思想意识来统驭全社会，在时间和规模上都堪称庞大的一场社会改造和社会控制的实验，也是中国现代历史上最早的“统一思想”的社会尝试。试图以正确而又高尚的“思想”来渗透和统驭社会，并以此规划全体社会成员的行为，这样一种极权主义的思想意识的起源，是和知识的权力以及权力的知识都有关的。极权主义是这样的：一个绝对集中、无所不能、由警察和特务形影相随的权力，通体流淌着某种思想的汁液，进入并控制住了社会的任何一个角落。它的另一个理想的条件，是得有一位无可替代的魅力领袖，即所谓的卡里斯玛型人物，作为权力及其思想的有形象征，亲切而又威严地植入到了全体民众的头脑中，使得他们成为自愿服从的信众。这就是抗日战争胜利前后的蒋介石。

这也是为什么1928年的刘文典可以面对手上滴着清共鲜血、镇压学生的蒋介石，以戏剧性的方式进行抗议，而1945年的刘文典对同一个蒋介石却奉上了文字的礼赞。此时的蒋介石因为抗日战争的甫获胜利而散发着光辉，得到了爱戴，非常接近于一个亲切而又威严的卡里斯玛。刘文典也是同一个刘文典，他的骨头并没有变，他只是被炫目的克里斯玛迷惑住了。

我们当然还需要认清知识人在现代社会所扮演的抗议者、批判者角色，这实际上是知识人所应当扮演的唯一重要的角色。这里所说的知识人是把已经被国家权力或机构的权力整合和收编了的知识人除外的。他们的典型形象是法国的萨特和英国的罗素之流，还有1928年拒绝蒋介石在大学里训话的刘文典也属此类。刘文典的强烈个性使他成为不易被规训和驯化者，他因此得以保住了他的自由。自由、独立、理性和理想主义，这是知识人的现代属性。光有学问和骨头还是不够的。桀骜不驯只是个性而已，还不是“独立之精神”，尽管它可能成为“独立之精神”的个人化保障。贵族化的清高自守甚至等级主义，比如刘文典对教授等级的划分，还有他对新文学的轻视，亦不能等同于“自由之思想”。“自由之思想”是知识人在世俗社会无可仰望之下的一道自我屏障。“自由之思想”并不全然自由，这里的自由所意涵的一方面是对真理的自由裁量权，另一方面更多含有知识人本身持续不断进行的自我身份确证，亦即不自由的确证。学问愈大，则愈达自由之境，这是刘文典、陈寅恪一流有着古典余绪的知识人的信仰所在。这样的有关自由的信仰，是在象牙塔的尖顶上谈自由，最终只能碰碎在更为“自由”的社会实践之上。现代知识人的自由独立的表现，应该不仅有个人的信守，而且要有公开的发言，不仅抗议，而且介入，不仅有信念，而且要在历史的关键时间对其信念不惧失败地加以检验。知识人是携带信念，在大地上奔走的形象。我以为，中国现代知识分子中，乡村建设时期的梁漱溟庶几近乎这样的一种形象。

接下来的问题则是，对于知识人的理想主义，谁能保证那个理想主义是善的？谁又能保证，即使他的理想主义是善的，那个善的理想最终会否通向一个善的社会结果？比如蒋介石的“新生活运动”，它的“礼义廉耻”之四维，和它的“生活艺术化、生活生产化、生活军事化”之三化，其意在为了民族的自保而进行一种文明的竞争，而且是在虎狼环伺并随后真的狼来了的战争环境之下，很多人在当时承认了这一运动的时代合理性，但现在看来，人为地改变一种文明的方向，功利地对人之心性进行改造，把一整个社会作为了一种理念的试验场，亿万万生灵成了试验品，这其中的历史理性真的是经得起检验的吗？历史的事实则是，随着蒋介石的战败，这个民族瞬间拐上了又一条全新的历史航道，于是先前的实验也就被无情地作废了，而它的存废之理既已经不必去评说，又或者那究竟有没有成为一种历史的积淀都未可知。

而荡漾于同一条历史之河的知识人如刘文典、陈寅恪者，曾经对至高的权势说过真话，对企图拨转民族航程的巨大势力表达过自己的思想，他们从渊深似海中探出头来照拂红尘，为民族的神话和普世的真理颠踬于激昂和困顿中的形象，于今仍浮隐于民族、历史和人心的大河而尚未远逝。愿他们的形象永不消逝，因为面对这样的历史的镜鉴，才更能知晓、校正和深思今日知识人的作为，以及他们所应处的位置。

2014 年 11 月 3 日

大众文化，我们的处境

——赵勇《透视大众文化》读后感

跟一位朋友网上聊天，说到目前的爱国主义运动时，我顺口说了一句，赵勇的新书《透视大众文化》（中国文史出版社，2004 年 12 月）里应该加一章“爱国主义”。我又想了一想，认为还可以再加一章“手机短信”。随后我马上又意识到，我的这种说法里面包含了我读赵勇这本书后所产生的对于大众文化的新理解，即大众文化集颠覆与认同、痛感与快感、单纯与混杂、透明与暧昧等对立因素于一体，它几乎无所不包。但它并非只是一池浑水，它应该有着鲜明的界定。

大众文化是消泯现实沟壑的一道洪流，它取消差异，填平一切，无人无物可以逃脱其外；大众文化是一种超现实主义，它在现实之上营造第二现实，它以柔曼的轻纱，缥渺的晨雾，莫须有的浪漫包裹事物本身，从而得以遮蔽住真的存在；大众文化是现在进行时的，它无视过去和未来，只求愉快地度过眼前的每一分钟，它令思想的神经永远松弛，以便能够让人像狗一样莫名其妙地撒欢和撒野；大众文化的本质是媚俗，而媚俗并不只具有我们通常理解的取悦于大众这么一个意思，“这个词的含义重要的不是俗，而是蛊惑性的虚假。西方的一位评论家把它定义为‘故作多情的群体性谎言’，似较准确”[1]；大众文化的基本形式是视听文化，它的生产流程是由文化工业所主宰的，它是对于印刷文化的轻慢、反叛和出走；大众文化的核心是意象形态，而非意识形态，意象形态的第一功能是传播而非生产，是消费和享乐而非意义的追寻，意象形态正在为严肃文化的生产者们所取用，因为一旦意识到传播即效益，他们就不顾一切了；大众文化在当下的中国，不是知识群体的抵抗对象，而是争相挤占的地盘，同时它也为主流意识形态若有所悟地引为一种新的有效的资源和手段……

实际上，《透视大众文化》一书已经做到了几乎无所不包：影视片作为世俗的神话和真实的谎言，如何运用性与暴力达到了从狂欢到娱乐的目的；竞技体育如何通过全民狂欢的假象，达到了非人道的科技竞争和铜臭气逼人的非体育的本质；流行音乐如何通过对于男欢女爱的反复咏唱达到了取缔爱情的目的，怀旧歌曲如何把旧的苦痛简化为可人的阴柔，而反抗的摇滚也终于走到了无可反抗的荒唐无奈；广告作为欲望的包装术，如何在诱导消费者完成他消费生活的最后一步时，同时在不知不觉中生产出了消费主义下的幸福乌托邦和直指大众软肋的玫瑰色未来；消费时代的文学生产如何从与意识形态的对抗走向了意象形态的欲望化写作，文本的欢乐，能指的奢华如何取代了对于存在深度的探求和对于终极关怀的追寻；数码时代提供了何种不同的阅读，写作乃至生活的新形态……所有这些主题不

① 《透视大众文化》，赵勇编，中国书籍出版社 2013 年版，第 230 页。

仅统一于全书大众文化批判这一宗旨，而且形成了阅读者社会批判的新角度，因为大众文化早已成为了我们社会生活的表皮，而我们当前社会除表皮之外似乎并无其他，至少大众文化是这样来规划和想象这个社会的，而知识分子作为中国社会唯一可能的批判群体，连在某种原因下久已形成的犬儒主义的最后一张虚假盾牌也光荣地放弃了，这一辉煌的归顺无疑极大地推进着这一规划的早日实现。

于是，我们的时代出现了以前任何一个时代都未曾出现过的全民共谋的崭新格局，高尚与卑下，道德与羞耻，罪恶与欢乐，反抗与投降，以及更多的文化甚至政治的沟壑，都被一一填平，或者至少是可以视他为无有。知识分子的内心安宁也提早实现了，因为他终于卸下了民族和时代良心的重担，而所谓灵魂工程师的角色也因为灵魂的缺席而理所当然的无须扮演了。这一切都是在大众文化的遮羞布下进行和正在完成的。几年前我们曾将此称为世纪末现象，这一称谓在中国式语境中隐含着这是一场可以度过的危机一层意思，而现在已经是新世纪了，我们只好将它称为全球化，意思是如此处境不独中国才有，所以更加可以心安理得。而中国制度下的中国社会和文化却也同样不可予以深究，因为社会和文化都只是一张大饼，大家分而食之即可，何况还有大众文化的轻歌曼舞从旁伴奏，消泯着可能的道德感和羞耻心。这就是我从赵勇先生《透视大众文化》一书中所读到和想到的。这本书给我带来了对于社会文化认识新的维度和框架。虽然它所描述的事实尽人周知，但对我来说，它仍然是一种令我震惊的揭露，并使我由此获得了久已丧失的批判的元气。

2005 年 4 月 28 日

我的外国文学流水账

一

我最初读的外国文学作品是《福尔摩斯探案集》、狄更斯的《大卫·科波菲尔》、1979年的《外国文艺》杂志和儒勒·凡尔纳的《格兰特船长的儿女》等。其中，《大卫·科波菲尔》是不知从哪里来的一本书，是不属于我自己的。

这是1979年我在一家小型火力发电厂当徒工时候的事情。

这一年的《外国文艺》杂志给我留下长久印象的作品有两部：一是苏联小说《活下去，并且要记住》，二是美国小说《伤心咖啡馆之歌》。也许那一年我还订阅了《世界文学》杂志，因为我分明记得我很早就读了索尔·贝娄《赛姆勒先生的行星》的节选，当时我完全不具有理解索尔·贝娄那样作家的能力。我应该就是在《世界文学》上读到的，但我现在不能有把握地这样说，因为我在书架上找不到1979年的《世界文学》。

1979年之前，我几乎没有读过任何外国小说。在我读初中时夏天那些漫长而炎热的午后时光里，我曾多次尝试在午休时间阅读《钢铁是怎样炼成的》，但总是不能成功，还总是差点误了上课，因为总是读着读着就睡着了。那时候我还得到过一本巴尔扎克的《幽谷百合》，它更是超出我的理解力不知有多远。

所以，这两本书我不能说真正读过它们。

1979 年的外国文学书单是由通俗文学、科幻小说、十九世纪文学和现代文学组成的一个无甚道理的小小拼盘。这是因为我在那时刚刚开始独自一个人摸索进入某个文学世界的通道，我不知道哪里有这样一条通道，我的周围没有人注意我到的阅读内容，更谈不到有人能够指引我。

二

《大卫·科波菲尔》令我着迷，虽然是那种半懂不懂的着迷，但着迷是真的。我很奇怪后来读不进去《雾都孤儿》《老古玩店》《匹克威克外传》等狄更斯的其他小说。我因此认为《大卫·科波菲尔》也许是他最好的小说。我感到遗憾的是，如果我在上小学时就读到狄更斯，那我一定会加倍地喜爱他。我觉得狄更斯与吴承恩（我当然更希望我在小学时读到《西游记》，但在当时几乎没有这样的可能性）有点相似，二者都具有一种不动声色地操纵故事的魔力，二者都具有把通俗文学提升到某种意义之上的能力。《大卫·科波菲尔》给我留下阴郁而古怪的氛围、色彩，那是我在此之前读过的别的文学作品以及在现实生活中都未曾体验过的。《大卫·科波菲尔》的人物和情节现在已经完全记不起来了，但我不相信它没有给过我任何影响。

《伤心咖啡馆之歌》是激起我最早的现代主义冲动的一部小说，尽管我当时根本不知道有所谓的现代主义。这部小说里出现有怪女人和小矮人，戏剧布景一般的生活场景，狂乱和怪诞。

它当时和后来都不是我喜欢的小说类型，但它让从“文化大革命”废墟中成长起来的18岁的我知道世界上存在着那样一种小说，和写那样一种小说的那样一种人。同样登载在《外国文艺》杂志上的《活下去，并且要记住》是一部现实主义作品，写苏联卫国战争时一个苏军逃犯与他妻子之间的危险关系。对那个逃犯的同情即意味着对战争和专制主义的批判，这一点我觉得我当时就有点明白。至于后来才知道属于鼎鼎大名的美国犹太作家索尔·贝娄的《赛姆勒先生的行星》，我完全是硬在头皮在读，但硬着头皮读到某一页时，发生了令我目瞪口呆的一件事：一个黑人掏出他粗大的阴茎逼迫年老的赛姆勒先生观看，为的是以此威吓他。

不用说，《福尔摩斯探案集》那样的侦探小说可以令任何人着迷，我当然也一样。1980年我离开发电厂去上晋东南师专中文系时，带到学校的唯一一套书正是《福尔摩斯探案集》。但我很快对它失去了兴趣。

我不能生存在一种模式化而又冷漠的叙事中，我渴望见识和探究人性之丰富多彩。最初的外国文学阅读令我对人心的深潭有所猜测。

三

师专三年，即1980至1983年，也就是我的19至22岁，才是延续至今我的阅读生活的真正开端。

到师专不久后，我产生了这样的想法：与其硬着头皮读《子夜》，不如先读读巴尔扎克，与其被动地在老师的带领下细读鲁迅的《狂人日记》，不如直接找见果戈理看看。我的这一想法肯定与“文化大革命”结束后非常强劲而普遍的反思风潮有关。我当时觉得不应该有人对我的上述想法有异议。而事实上，我们学校的中文系是以中国古典文学的教学为主流的，我对此竟不以为然。我因此错过了在青年时代跟着好老师们恶补中国古典文学的绝佳机会。但鱼与熊掌不可兼得，这是没有办法的事情。我试图跟我的老师们讨论外国文学时，其中一位说，罗曼·罗兰的《约翰·克利斯朵夫》是最伟大的长篇小说，其他作家他就绝口不提了；另一位说，茨威格的《象棋的故事》最好，而我认为茨威格只是一个二流的小说家。我终于意识到，没有人会跟我讨论外国文学。

到我们开了外国文学课时，我听出那位老师在课堂上所讲的只是他精心备过课的内容，但他备的课无法应付任何一部外国文学作品所涉及广阔的背景和多样的知识。我们那时候用的外国文学课本是一种叫作《欧洲文学史》的教材，它显然也过于陈旧了。那时的教学方法，老师们喜欢让学生记课堂笔记，他们认为他们所讲的就是外国文学中那些问题的正确答案，考试就是合起课堂笔记，把他所讲过的有关内容背写出来。我觉得这真是太不可思议了。我不认为有什么正确答案，我不认为一个问题只有一个答案。我从不记笔记，不止外国文学，而是无论什么课。我无法把听与写这二者统一为一个行动。我的意识深处似乎有一个看法，我不认为会有那么多的金玉良言一闪就错过了。我只有认真地听，才能有所思考，判断和领悟。所以，我很享受有的老师的课，对于我觉得不合乎我口味的课程，我就转身离开了。我到那个只有几间平房的简陋的图书馆里去读外国文学。这是我在中文系三年主要的学习方式。我把它称为“自由地阅读”。如果连这一点都得不到，我就无法理解一所大学的存在方式，以及它所内涵的大学教育的核心理念。尽管我的师专还算不上正规的大学，但教育与自由的关系存在于任何一个教育机构里。用无论哪种强制的方式，只要它是强制的，一定无法唤醒一个人精神上的自由。

但是，到考试的时候，麻烦就来了。我的外国文学老师把我的答卷拿到中文系会议上去讨论，实际是批判。答题的内容是关于巴尔扎克。我在所谓的论述题里“论述”巴尔扎克时，用了意志，欲望，热情等概念，而没有使用现实主义和“历史学家”这一类的说法。我其实就是把巴尔扎克《人间喜剧·前言》与贯穿《人间喜剧》多部作品中的两个主要人物伏脱冷和拉斯蒂涅加以联系和对照之后，生发出了我个人的一点粗浅看法而已。我的老师不能容忍我有自己的看法，不能容忍我不按照课堂笔记上的“正确答案”回答问题。他所能做的，就是给我打一个最低的分数。他未能掀起对我的大批判，毕竟“文化大革命”已成过去，虽然过去的时间并不久。我以一种对于分数的轻蔑回答了他加以我的惩罚。但实际上这一惩罚并非无足轻重。在那样的一种教育体制下（这一体制其实至今未变），学校、教师与学生间的关系更注重的是一种权力关系，而不是通过对于权力关系的剖析和解构，以使学生到达无拘束的创造力和创造热情。权力最终是要结出果实来的，每个学生都会亲尝不同果实的苦辣酸甜，这就是毕业分配制度。毕业分配制度的公正性是由分数作为基础的，分数是一般的学校制度和具体的教师给的，其中就包含着对于他之于自由关系的评判。分数之于学生，乃是一种主要的控制手段。这一手段的妙用毋庸赘述。

《人间喜剧》里的老罪犯伏脱冷和青年野心家拉斯蒂涅，还有司汤达《红与黑》中的于连，都是不满于现有权力结构的某种底层意志，是喷射出邪恶之火焰的一团反抗的热情。当这种热情表现为自下而上的穿透欲望时，既是对象又是本体的权力场就显现成为一种神秘而华丽的类似于神话中的多头不死怪物。拉斯蒂涅身上同时带来浪漫主义荒野上的气息。正是那样的一股气息证明了他的来历，我倾向于把拉斯蒂涅作为一个人，一个可以从歌德、席勒、雨果、梅里梅那里寻找到其踪迹的人，而不愿把他仅仅视为某个阶级的一员，某种历史观念演进中的一枚棋子。我觉得，只有这样，人的热情才能够与自由相关联。尽管此时的自由在我的心中只是一个朦朦胧胧的抽象物。

四

19 世纪的法国文学之外，同一世纪的俄罗斯文学引发了我的另一个最富热情的认知过程。这一过程始于诗人莱蒙托夫和评论家别林斯基。

我在学校读了莱蒙托夫的《当代英雄》，随即又读了别林斯基对《当代英雄》的评论。别林斯基的评论竟然比小说还要长，而且像小说一样可以读得我浮想联翩。那是我第一次领略别林斯基式文学评论的魅力。在随后的一个暑假里我反复读了莱蒙托夫的叙事长诗《恶魔》和《童僧》。莱蒙托夫比他的导师普希金更令我激动，同时也更令我不安。也许为了平息那不安，我立即着手写了我自己的一首叙事诗。我的诗里出现有阴沉的古庙，绿森森的古树，在现实生活中不存在的怪僻之人，奇异的旷野，狂乱的暴风雨和纯洁的小男孩等元素。我根本没想到我是在拙劣地模仿莱蒙托夫，我认为我创作了我的第一首叙事诗。我之所以不认为我的诗是在模仿，是因为我的确在那个暑假带着从四川回乡省亲的叔叔去参观了一座庙宇，并且领受了古代事物第一次带给我的那种不可思议的奇异感。但我没有想到的是，如若没有对于莱蒙托夫的着迷，我对那庙宇的感觉可能会全然不同。带着这首诗，我去了学校，并以它在学校的征文竞赛中获奖。我的由莱蒙托夫所带来的短暂而虚假的浪漫主义冲动逐渐平息了下来。

我转而开始学习使用别林斯基的笔调写作文学评论。我读的《别林斯基选集》还是从我的老师手中借的，我既觉得四卷本的《别林斯基选集》珍贵无比，更觉得我的老师对我真是无比地慷慨。我的评论对象选择的一是白桦的电影剧本《太阳与人》，《太阳与人》拍成电影后改名为《苦恋》，遭到“清除精神污染”运动的批判，我对剧中主人公爱祖国而不被祖国所爱的悲惨遭遇寄予了深切的同情和愤慨，因此我用了高昂至极的笔调来表达我的心情；我第二选择的是高晓声的以《陈奂生上城》最为著名的一个系列小说，结果后者在中文系的读书报告会上宣读以后，被系主任评为没有中心论点而令我很长时间耿耿于怀。就在我的小心眼快要把这件事忘掉的时候，一位偶然相遇的青年教师建议我把那篇评论发表到由我编辑的校报上，令我大有遇到稀世知音之感慨。在文学评论写作中，我必须穿透我作为读者与文学作品之间相隔的那层淡淡的迷雾，如果我不曾写评论，我也许就会满足于一种朦胧的美感，而不去追索一部作品的“深度”。文学是有深度的，这一观念至今影响着我的写作，使我无法追随甚嚣尘上的“削平深度”的所谓后现代写作方法。

别林斯基的人格也给了我深刻的印象。当我了解到更多，整个俄罗斯 19 世纪文学的整体的氛围真是令我神往之至。那纯然是一个精神的家园，而无任何一丝尘世的嘈杂。从普希金和果戈理开始，到屠格涅夫，托尔斯泰，陀思妥耶夫斯基，以及以别林斯基为代表的一批评论家和文学编辑，他们在我的眼前构造了一个俄罗斯文学神话。我很后悔当我的外国文学女教师问我，在英法德俄诸国文学中我最心仪哪个时，我没有果断地回答她是俄罗斯文学，因为当时我读得还不够多。但后来她没有再问我同样的问题，我也就没有机会加以一个补充的回答。

五

屠格涅夫，托尔斯泰和陀思妥耶夫斯基，这 3 位巨匠笔下的俄罗斯如果不能说全然不同，至少可以说其差异大过相同。

温文尔雅的屠格涅夫善于恋爱和讽刺，《贵族之家》中那个内心冷漠的贵妇表现出的支配一切的魔力，很难说对我这样一个 20 岁青年产生的是一种纯粹的文学影响，我看到一位高高在上的邪恶女神的无边法力；而他的《父与子》中的巴扎罗夫真是够酷，这个虚无主义者最终证明他甘心情愿做一个孤独死去的“多余者”，那又何尝不是我的理想。就小说艺术而言，屠格涅夫是值得永久学习的一个范本。可惜我后来宁肯滥读一些无用的作家和作品，而没有再返回到屠格涅夫那里去请教。

托尔斯泰是一个创世纪的小说家，正如高尔基在一篇回忆录中所说，当托尔斯泰向他述说上帝时，他本人显得就像是另一位上帝。我先读的是《安娜·卡列尼娜》。当美丽的安娜终于死在火车轮下，我觉得整个世界都停止了运行。那几天我茶饭不思，等待着一个新世界的开端呈现出来。托尔斯泰显然了解我的心情，他让渥伦斯基远行参军了，于是，道路模模糊糊地伸向了一个未知的远方。这就是托尔斯泰式古典小说的完整性。然后，我在一个暑假庄严地打开了我前一个寒假从北京王府井书店买回来的四卷本《战争与和平》。《战争与和平》的那种高雅，舒缓，宏大，细致的叙述方式，如同一条巨大的河流将我载入一种陌生的生活。战争，和平，上流社会，形形色色的人物，许多个家庭，许多场恋爱，时间的有形的推进，拿破仑的失败和青年男女的成长……《战争与和平》这部史诗可真是无所不包，托尔斯泰绝非像一个普通人那样叙述他眼见的世界，而是完全创造了一个世界，他所创造的世界与上帝创造的世界一样纷繁复杂，既有奇异的因素也有平庸和丑恶，而且，书中的时间恰如我们在生活中所感受到的时间一样从容不迫并且不可超越。托尔斯泰在小说中的议论也像上帝的声音一样无可置疑，在我心中构成众多小说事件之上的一层单纯而伟大的天穹。后来我曾看到不少人批评他在小说中滥发议论，我对那样的批评一直不以为然，但却直到近30年后的2009年我才找到了可以支持我的内心感受，对托尔斯泰的小说议论进行了深刻哲学阐释的思想史家伯林。在一家快捷酒店的大床上捧读伯林的那个昏暗的夜晚里，我独自一人重新回到了阅读《战争与和平》的激动难安而又幸福快乐的我的青年时代。托尔斯泰就这样贯穿了我的整个生命。我从未相信过古典作家已经死亡这一妄说。

但是，陀思妥耶夫斯基的小说，我虽读了他的大部分重要作品，《罪与罚》《卡拉马佐夫兄弟》《白痴》《死屋手记》《群魔》等等，我却始终不敢认为我读懂了这个作家。为了读懂他，我搜寻他的研究专家比如巴赫金等人的著作来读。我觉得我只是从理论上懂得了他，但理解一个小说家并不能依靠理论，所以我还是不懂。而且，一当重新翻开他的书，闻到那股从书中散发出的曾经熟悉的气息，我就没有勇气再度深入进去。陀氏是一个令人痛苦的作家。我不具有承受那么多痛苦的能力。另外，愈到后来，我愈是不能适应他的那种充满了戏剧场景的叙述方式。我逐渐远离了这个本应是无法绕开的巨大的存在。所以，我后来读西方现代文学，实际是越过了这位现代文学的开山鼻祖的。所以，对于西方现代文学我是缺少一个理解的前提的，那些自以为理解了的只不过是一种字面上的理解罢了。我知道这是因为宗教的隔膜。宗教，于我们这些内心无所信的人们，是一条永远无法涉过的河流。我们只能驻足于河的这一边。

六

很多人，包括我自己，在叙述80年代的读书生活时，经常会提到袁可嘉主编的《外国现代派作品选》。现在当我再一次要提到它时，我从书架上取下它的第一册（上），我发现一个竹制的小书签夹在第118和119页之间，也就是在艾略特长诗《荒原》的倒数第三页上。这说明，不知在哪一年的哪一天我重温了或者至少是试图重温这首诗，就像旧梦重温一样。此刻我又一次重温旧梦：

> 四月是最残忍的一个月，荒地上
> 长着丁香，把回忆和欲望
> 掺合在一起，又让春雨
> 催促那些迟钝的根芽。

诵读这个开头，我就回到了80年代的读书岁月，回到了讲台上站着柔弱女教师的那个简单安静的课堂上。艾略特笔下残忍的四月对于我来说反而是一段光荣和温暖的岁月，只有回忆而无欲望，只有青春没有暮年，只有80年代初期早春一般广阔葱郁的希望而无岁月和社会加于今天之上的这无边的晦暗和没落。

这是一个时代的错位。我们在甫一获得解放内心正充满着希望的时候，首先接触到的却是现代西方宗教解体背景下颓败的“荒原”。对于社会变革的激昂的希望混合着青春期虚假而夸张的绝望，我们与西方现代派颓败的地平线不期而遇，以至于迅速酿成一杯令人迷恋又令人兴奋的苦咖啡。

我当时不懂得读一本书和一个作家的时候，要注意其历史的渊源，我只是觉得对我是新奇的事物，那它就是绝对新奇的，而新的就是好的，就是有无上价值的。通过《西方现代派作品选》，我初步结识了卡夫卡、乔伊斯、普鲁斯特、里尔克、瓦莱里、艾略特、萨特、加缪等现代派作家。从“文化大革命”后期封闭和苦闷中走出来的压抑的青春猝不及防地遭遇到如此奇异的风景，这人生的第一次必会对一个人成长的路线图起到决定性的作用。这是一个我的文学思想，价值观和审美趣味倏忽成型的时期。

其中，卡夫卡引起我更大的兴趣。1980 至 1983 年的晋东南师专图书馆里仅有的卡夫卡小说有两种，一是《卡夫卡小说选》，一是卡夫卡长篇小说《城堡》。我反复阅读这两本书。我不放过任何书籍中有关卡夫卡的只言片语。我觉得自己逐渐走进了这座阴郁、温柔、深不可测的城堡。在老师的建议下，我甚至给同学们做了一场关于卡夫卡的读书报告。我在与我关系密切的人们的谈话中，充斥着有关卡夫卡的内容，和卡夫卡式的语言。

从那以后，我对卡夫卡的高度强烈的兴趣至少持续了有 20 多年。我现在之所以不再经常打开他的书，恐怕只是因为卡夫卡所连接着的我的个人阅读史过于长久了，以至于打开他的书我就望见一条我本身的蜿蜒曲折的所来之路。他的书已不仅仅是他的，同时也是我的。那巨大的温柔与黑暗的体验从未有第二个人能够再次给予我。

七

差不多与此同时，我接触到萨特和海明威等。

我对萨特的小说和戏剧作品没太能够看得进去，但我喜欢他的理论著述。我囫囵吞枣地肤浅地加以理解的那种存在主义，只是某种简单化了的自由意志而已。自由的困境对于人的要求；属于人的本质化力量；“存在先于本质”；“存在主义就是一种人道主义”；只有人才能够揭示出世界的意义，否则世界只是一片死寂而已。凡此种种，把我从屠格涅夫笔下虚无主义者巴扎罗夫否定性的世界意义和人生意义中解救出来，就像游泳的时候扎了一个过长的猛子，我从水面下钻出头来畅快地呼吸着萨特式的自由空气。我手里挥舞着某一本萨特的书，在从教室通往宿舍短暂而急促的道路上，滔滔不绝地向走在我身边的同学们述说着我所理解的萨特。我喜欢把我的想法向人述说出来。尽管我无法正确而深刻地阐释真正的萨特，但我可以把我的想法肆意抛洒出去，以便我能够在我走过去的地方留下我与世界之间的关联，哪怕它仅是我的一个企图，一个设想，一个随风飘逝的念头，但我毕竟把它给予了我所身在的世界。

我随后认识的海明威则是一个实实在在的小说家。如果说海明威也有什么哲学的话，那他的哲学与他小说的关系必须像木头的纹理之于一棵树那样。海明威差不多是一个绝对的小说家，就像博尔赫斯一样，尽管他们之间很不相同。他们共同的追求都是做一个绝对的小说家。海明威的奇特之处是，他一方面去参加战争，做战地记者，投入反对西班牙独裁者的战争，负伤至伤痕累累，但当他退至书桌前就是一个小说家，他甚至强迫自己站着写作，他总是能够进入到无牵无挂的小说写作状态。他以语言的节奏感追求事物和人类行动的幻觉般的真实，在此基础上形成的海明威文体，仿佛里面藏有一个或一套魔术按钮。如果摸索到那按钮，我们也可能会成为另一个海明威，于是我一度想要模仿海明威，我一直记得当时读到的一句评论：大西洋两岸出现了数千名小海明威，我也想要做那数千名中的一个；但我却从未想过去模仿托尔斯泰。我觉得海明威的技艺就是一个小说家的技艺，是可供我们学习的，而托尔斯泰的技艺属于上帝创世的那一种，不可对他抱有任何亵渎的想法。这也许就是我对小说家海明威的评价。但事实上，关于海明威是可模仿的这一想法，只是海明威文体所给予我们的幻觉之一，就像他的文字所呈现出的关于事物的幻觉一样。那是海明威教给我们的经历事物的经验，但那经验永远不可能变成我们自己的。

八

1984 年的一本叫作《长篇小说》的杂志上登载了拉丁美洲加西亚·马尔克斯的长篇小说《百年孤独》。我在我所居住的小城市唯一的一家新华书店里偶然购得这本以前没有见过的杂志。这时我已从师专毕业，正在家待业。因为暂时没有工作，我仍然享有读书的好时光。

《百年孤独》所引起我的震撼，正如随后许多年里别人叙述出来的他们的震撼一样。这是很有意思的一件事。全中国的文学阅读者和写作者那时候似乎坐在同一座大讲堂里，正在共同学习同样的课程，并且处于同一个进度之上。80 年代中国的文化，政治，文学处于一元化的变革进程中，任何一个新的重要事物的出现都有可能起到牵一发而动全身的作用。这在今天这样一个多元化多层级壁垒森严的社会里终于成为匪夷所思的事情。但在当时，我虽僻处小城，却似乎也意识到了《百年孤独》这个新文本的意义，不过我当然不可能预测到它即将引起的一场中国当代文学的文体革新运动。

1985 年上半年我去北京参加一个颁奖典礼。在颁奖典礼之余的座谈会和私下闲聊中，我提到《百年孤独》这部长篇小说可能会有的意义，引来与会者不解和迷茫的目光，我颇为得意地看到那些人因为不知道有这样一部新小说的出现而无话可说的神态。我同时提及巴赞和克拉考尔的电影理论。正如海明威的写作基于一种小说的本体论之上，通过巴赞和克拉考尔，我意识到了电影的本体论存在。

一种有关文学和其他艺术类型的形式主义本体论正在作为一种也许是无意识的冲动而悄悄兴起。不论这是一种反抗的代用品还是一个逃避的梦想，总之是产生出了一种在意识形态的大屋顶之下在各处悄悄兴建艺术本体论小屋的企图。这就是先锋文学兴起的理论前提。先锋文学的存在过于短暂了，因为它只是一个漂浮的梦想，因为它的前提是脆弱的。

这种话在今天说说是容易的，但在当时却是当局者迷。当时的我们甚至甘愿在那个自设的小迷宫里打转，为自我的迷失而兴奋不已。

20世纪80年代后期，我还曾一度迷恋过波德莱尔。钱春绮的波德莱尔译本我认为是最好的。钱春绮用汉字的特殊连接传达出了波德莱尔诗中的色，香，味。波德莱尔象征主义的华丽庙宇令我流连，迷醉。波德莱尔最令人迷恋的是，他作为一个诗人的形象与他作为一个人的形象是同一的。他完全是一个在诗歌天堂里生活着的人。若果能如此，这样的逃避可真是够彻底的，那就是到梦想中去生活，把生活变成一场梦。

九

事实上，生活真的具有梦想的性质，只不过这是就它的出人意料的巨大转折和它的令人眼花缭乱的片段性而言。在生活的转折处和不同片段之间，没有任何逻辑性和历史的连续性可言。从20世纪80年代到90年代再到新世纪，历史仿佛片段的孤岛漂浮在时间之海上。

我们对外国文学或者对所有别的文化形态的认识和理解只是在历史的孤岛上冒险进行的一项活动。像我们这样的人，一边投入地进行这样的活动，一边恍然惊醒地抬头看见历史就在不久之前又拐了一个弯。好在只要有足够的固执，没有人可以抛弃我们。也许我们真的活在了一场梦中，但没有人可以把我们从梦中拽出，因为我们的梦境已经预先就把一切都囊括进去了。

2009年12月16日

第三辑　阅读生活

我的三次高考

1976 年 9 月，将满 15 岁的我从西上庄五七学校高一年级辍学。在病床上躺了一个月，又架着拐杖带着石膏绑腿在家属院每日串门数月后，1977 年初我到距家不远的矿山医院做了一名见习护士（带粮学艺）。

这正是毛泽东逝世和粉碎“四人帮”的前后，政治高层虽风云已变换，广阔的底层社会却仍在以惯性运转。每一天人民公社的生产队员们都在生产队长和民兵营长的督阵下嘻嘻哈哈地收秋割夏耕种，煤矿工人们每天照例将其黝黑到只剩眼白的形象在大澡堂里换成普通人模样重返人间，我们家属院的伙伴们有的作为“知识青年”下乡了，有的开始了他们打零工的生涯，我的绝大多数同学是村子里的，他们则一律都在等待着“打土圪拉”（他们有时也戏称为修理地球）的永恒的命运。

我做见习护士是父母为我安排未来的一个初步的准备。因为我无法像我的哥哥们一样当兵或下乡，我的未来就是在那所矿山医院就业并在那里完成一生。这是“打土圪拉”的农家子弟所望尘莫及的一种高等的命运。我们今天所忧虑的阶层固化，在那时简直不算一个问题。所有人都像砖头一样被砌在墙上无任何流动性可言，甚至连这样的愿望也被消灭殆尽了。“文化大革命”尘埃落定，如我父亲他们那样的多如过河之鲫的大大小小的“走资派”早已各就各位回到了权力之位。无人不认为事情本该如此。

较之如火如荼斗争的60年代，70年代似乎较为松弛，其表征之一是有了看电影这么一种娱乐性活动。在县城的人民电影院和文化宫看票价五分至一毛五分钱的电影相当于是对电影这种影像艺术的正式朝拜活动，尤其是看极稀罕的几部外国（朝鲜、阿尔巴尼亚等）的革命电影时简直要挤死人（这并非对那种盛况的形容而是确有死人的事情发生过）。看露天电影毫无疑问是一种全民娱乐活动，完全听不懂普通话的老头老太太们也挤坐在人群中一派茫然地看着。懵懂少年们直眉楞眼地凝视黑暗空间中的一方彩色银幕，对那些口吐革命言辞的女主人公们奉献上他们粗鲁而又暧昧的情愫，由此煽动起来的莫名骚动的情欲随后投射到邻家女孩身上并以后革命时代的江湖暴力争夺之。时代松弛的表征之二是养鱼成为我们家属院的时尚。我原本想说这种资产阶级的享乐主义在60年代是不可能的，但我在写作此文时偶然读到张小苏的文章《革命与热带鱼》，他说太原“大约68年底到69年，家家养起了热带鱼”。我们煤矿家属院养鱼的时尚可能兴起于1973年以后，比大城市太原落后5年左右并且远没有那里的人那么讲究（主要指鱼的品种以及养鱼人的欣赏眼光）。总之我妈用自制的鱼缸养起了鼓眼睛的金鱼，我负责为这些金鱼捞鱼食。我和小伙伴扛着鱼食杆，提着空罐头瓶穿越鬼圪洞，去张岭村的泊池里捞取水虱子——此即鱼食也。捞了一罐头瓶水虱子，回来路上寻看鬼圪洞两边山壁上突然戳出来的白骨成为一种毛骨悚然的快乐，更不必说还能猛然间看见花圪灵（松鼠）闪电一样窜动在我们的眼皮底下。我们找见花圪灵的洞口，长久地坐或站在那里讨论如何从入口灌入滚烫的开水然后在出口处等待捕获它们。每到天色将晚我们才回家但却从未实行过这拟议中的美妙计划。时代变化的表征之三是我们家属院家家在门前空地上开辟了菜园子。白菜、冬瓜、西红柿、豆角居然可以自种自吃。这种资产阶级自留地激发出了自发的甚至是狂热的生产热情，居然没有人来加以阻止和批判。只是我无法替母亲担水浇菜成为每天都在发生着的一种尴尬。

至于我们这些少年我们有了自己的游戏：蹦珠（即以彩色的玻璃珠相碰撞，使其到达泥地上的目标性小洞）、打元宝（把大人的空香烟盒折叠为三角形，相互赢取并珍藏之以为元宝）、打角（把一小段木头两头削尖置于地上，以木刀剁起猛力扇之，愈远愈好）、推箍（以打弯的铁丝推动桶圈跑动前行）、撞鸡（男孩的游戏，搬起一条腿以膝盖相撞，力弱者被撞得散架为失败）、打陀螺（只有极少数人有此贵重玩物所以并不流行）、接电线（田径运动中接力赛的前身）、捉坏蛋（躲猫猫）、打弹弓、扳圪碌（土法摔跤）、打乒乓球、抓子、跳方（跳房子）、掏雀（以十根指头玩一根细棉线，可二人互玩使其变幻出各种几何图形）、勾花（此种艺术现在仍存在），后四种为女孩的游戏。……属于我个人的游戏则是中国象棋。我周围的大人已经很少有能下得过我的。一个少年低头蹙眉长久地望向棋盘的形象是当时社会的一个他者的异形，连我都觉得这很操蛋。

成人社会中的政治斗争仍然在激烈进行中，只是没有了令我们神往的武斗。1976 年底及往后几年间“红字号”在遭受多年压抑之后终得翻身，开始大规模清算“联字号”。我曾挤在煤矿广场上的人群中围观对晋城县甚至可能是山西省最著名的造反派头子之一王宝贵的批斗会，看他如何气宇轩昂一脸不服。我当时何曾能够想到我会在十多年后与这个人成为棋友，并时而能够听这个有过5年牢狱的人宣讲他当年伟大、光荣、正确的革命斗争。这个围棋棋盘上的老弱之人却是一个生命和意志都极其顽强、顽固的政治化石，他总能引起我这个棋盘上的“强者”和思想上的告别革命者的复杂难言的感受。

1977年夏天，另一件令人震骇的事情是我们煤矿一个名叫张三宝的人在学习班自杀身亡。所谓学习班实际上是隔离审查组，而隔离审查往往会成为遭到逮捕的前戏。张三宝在即将走到那场政治游戏的尽头时自设归路，殒命于上层正在酝酿底层尚无人可知的改革开放的大门口。他由一个我曾经认识、交谈过的活人首先在一种政治秘闻似的传说中成了一个死者，然后又在对他的尸体解剖中真正地无可置疑地作为一具膨胀的、发绿的、睾丸肿大的尸体出现在我的眼中。我作为见习护士参与了这次据医生们说是非常难得一见的货真价实的尸体解剖，也就是说张三宝之名的确与我眼前的这具绿色的尸体有过牵连。我匆匆逃离了解剖现场。我的逃离并非因为我那时就已经认识到了这整个事件的悲惨和荒谬而是因为太臭。我已经穿上防护服戴上了口罩却仍然闻得到熏天的臭味。解剖现场是一个大礼堂。在偌大的空间臭气仍无所逃逸，这是超乎我的想象的。我保证完全没有看见这具名为张三宝的尸体的内部。我拒绝看他的内部，我为什么要看他的内部呢？即使他真的是一个反革命，他之成为反革命的原因也不会在这个内部之中，即使真的在那里面，也不会是一朵玫瑰花似的存在可以让人看得见。

在这个夏天及以后我已经被人们作为一个熟练的护士来看待了。我值夜班时曾单独处理过癌症患者的死亡事件。死亡竟可以是如此的稀松平常的事情，它甚至可以使逝者的亲人掩饰不住她的欣喜。如果我未来不离开医院将会见识到多少类似或不同的死亡，说不定我有望能够破解人们对待死亡的态度的秘密。我为患有久治不愈的慢性病继而又患上了褥疮的患者换药，体验到对病痛无法同情的迟钝如何像一具铠甲迅速地披挂到了一个护士的身上。我也正如初尝鲜果似地享受到了权力的快感。住院病人家属愈来愈谦卑的声音像是从我的脚下传上来的。每天下午在护办室翘起屁股等着让我为他们打上一针的那些患者仰人鼻息的卑微的嘴脸都是逐日盛开的迷人的权力之花。从矿井里抬上来的伤者正是所谓的夹在煤层里的肉（矿工们常说他们是两块石头夹着的一块肉），那玫瑰花一样鲜红的层层叠叠的伤口里洒满了墨黑的炭粒，我为他们洗出那些炭粒时伤者竟神情自若眉头都不皱一下。

但我自己也有被摒除在门外的时候。我们护办室的“男神”（用今天的话说）个子高挑、脸儿白皙、大眼睛忽闪忽闪的，动如春风杨柳、静若处子的他确有一种弱弱的酷劲儿。他大约20岁出头。他和护办室那个与我同龄的16岁女孩可以说整整一下午少盐没醋的淡话。他们当着我的面说话我却感觉自己被关在了门外。我完全不明白他们为什么要没完没了地讨论竖在墙角的那把笤帚。听得我也快变成一把笤帚了。就在这个夏天的最炎热的一个夜晚“男神”被人堵在了一个已婚妇女的家中。那是一个丰满妖冶的30岁天津女人。我恍然明白那个女人为何从不翘起她的屁股让我为她打针而一定要等着他给她打。这成为那个夏天沉闷到黑漫漫的空气里的一股意外而至的蓝色的风，而人们的双眼当然会努力追寻其中的黄色意味。出了这事以后我再也没有看见过他。他成为禁欲主义年代不成风景的情色之征象。

到了秋天，医院外面庄稼地里的作物都渐次成熟了。我值班的夜里，病人家属自告奋勇去偷来生产队的红薯或玉米，我用消毒的高压锅瞬间煮熟，大家开怀饱啖，为一大乐事。

大约在此时传来了恢复高考的消息。我的原本平静的生活一下子被打乱了。

我去到父母的办公楼里找见那张《人民日报》，手指头指住一个字一个字地盯着看，仿佛那是一封密电码充满了不可译解的奥义。这到底是什么意思呢？难道一个人可以通过一场考试就离开被禁锢之地而进入一个所谓的大学？那大学又究竟是个啥？回到医院我和见习护士冯迷水（他像我一样也是一个小儿麻痹后遗症患者）作彻夜的紧张而又兴奋地商谈。谈着谈着我们就意识到《人民日报》上所写的应该就是它字面所指的意思。冯迷水和我，还有工程师的女儿于红梅（患有小儿麻痹后遗症的美女护士），我们终于有改变命运的机会了。

我父亲笑眯眯地听我说我的想法，他居然以前所未有的宽宏大量对我说给我5次机会，我可以连考5年直至考上大学为止，而这是因为我没有上完高中，否则的话他相信我可以一举而考中。我也这样想。而且我相信用不了 5 年。

我毅然离开医院，断送了长达近 1 年的医护生涯。不只是我，似乎我们家属院的所有青年都在作此准备了，因为我们所有人都是待业青年、社会青年和“知识青年”，也就是说都是失业青年。高考成了我们可能的唯一的就业门路。就连那些已经在火车站、汽车站、电影院售票窗口练习偷窃的人也都回来了。他们叫作钳工和拎手，他们意味着勇敢和拥有危险的生存技能并无人可以鄙视他们。但既然有了高考，他们也准备洗手不干了。

我从来不知道大学是可以考取的。我一直以为通往大学的唯一途径是村子里那个秃头女所走的那条路。她戴着一头人所共知的假发，每天都要路经我家门口，惶惶然的却又是不可阻拦地不知走向了哪里。她是在反反复复地求大队跑公社。她受尽村人的指指戳戳。她的假发下的秃头是她的信念所在，也是所有人的笑点。公社和大队终于开恩，这样她才上了大学。她是我看到的只此一例的上了大学的一个人。我还以为大学是一个耻辱之门，没想到它竟然如此辉煌地被开启。没想到大学是从来就有的，所以现在叫作恢复高考。

我们大家成群结队地去晋城一中听课。带领我们的是我的二哥，他是晋城一中的高中毕业生，此时他是插队知青，也将参加高考。一位北大毕业的杨姓语文老师的课差不多成了公开课，他的教室外面的院子里站满了人。其时已经是 11 月或 12 月，寒风吹拂着我们心中的那团鲁莽的火。杨老师的声音透过喇叭和冷风像一只破风筝一样飘到院子里根本无法把捉，只听得见他讲的是毛泽东词《沁园春・雪》，但根本就听不清。很多人踩着凳子扒在窗户上。我只能站在院子里还不敢走近教室跟前，怕发生踩踏。我望眼欲穿。

家属院有一个 30 多岁的人，他声称自己已经不必考大学了，但他会辅导我们去考。他挟着一个笔记本来了，翻开笔记本问我知道什么是名词吗。我琢磨一会儿回答说，名词就是大家都知道的词。他笑笑再问那么动词呢，这下把我难住了。我想象不出一个词动起来会是什么样子。他又接着问了什么是主语、什么是谓语等问题。我瞠目结舌无言以对。他说我可以把他笔记本上的定义抄下来背下来，于是我便抄下来背下来但我无法理解。我开始研究这其中的奥妙但却根本摸不着门道。一个多月的时间转眼过去了，考试时间已到，我走进了考场。我参加考试成为周围的一个焦点，我被认为是我们家属院最有可能考取的一个人。于是又有一个成年人来我家找我，跟我商谈未来事宜。他认为如果我考中的是晋东南师专那就根本不必去上，甚至山西大学也未必一定要去上，因为我们（指他和我）早已超过那里的老师的水平。他长着一头卷曲的黄发，风度翩翩，像一个外国人。他亲切地娓娓道来的一切听得我一愣一愣的。他曾经是一个造反派，当过他们村的革命委员会主任，他一度把公章装在衣兜里，在村子里随走随盖。现在他是我们煤矿的工人，每天晚上围在他身边听他讲古的人大有人在。他古今中外无所不晓，引起周围的巨大的迷信。他的忠实听众中有我的二哥，我二哥长我三岁，每天把对前革命委员会主任的迷信灌输给我。我对黄发造反派把我拔高到与他一样深感诚惶诚恐，但又有了一丝不可明言的小得意。我暗自盼望着高考结果的公布。结果是那年的高考我一无所获。那年考取的多是“老三届”，即在“文化大革命”前接受过完整或不太完整的中小学教育的人。我终于知道了原来有一道看不见的门槛是早已竖立起来的，我必须对它有所认识并一定要跨过它。

1978 年，我回到母校即我家隔壁的西上庄五七学校开始复习。我因了我的作家梦而执意要考文科考中文系。我的老师们劝我报考理科，因为这里没有文科班。他们说我虽然没上高中，但补一补，理科照样考得上。在那里混了一段时间后，我于那年 4 月转学前往晋城二中。走前语文老师程耀中送我一册《陈毅诗选》并赠我他的自写诗一首，我把这事详细写在了《我的老师程耀中》一文中。

我去到二中时离高考只有两个多月了，但我并未感觉到有任何的紧迫感。我经常去为我们而开放的图书馆看书看杂志，以提高作文能力。图书管理员也是我们的地理课老师，一头银发颇见风度，很有几分慈祥的样子。据说他出身于黄埔军校某期。我就是在那时接触到了“伤痕文学”。我感觉到我自己也是满身伤痕的一个人，但我以“伤痕文学”为指引，更多看见的是被侮辱和被损害的我的老师们。在一次作文课上我写下的一篇名曰《春天记事》的命题作文，写的是我在春风和煦的校园里，在春水荡漾的水边（教室前面确有一条水沟）想起过去我所参与捉弄自己老师的一个情节。这当然是莫须有的事。但老师成了羔羊我们才是猛虎，这是当时已经开始流行的叙事模式和隐喻方式。我写下的是莫须有的事，但却使我想起我的确给我的老师写过小字报伤害过他。小学五年级毕业时老师踢了我们班 4

个男同学每人一脚，因为他们不肯出让勤工俭学所结余班费中的一部分给老师。老师并警告他们将上不了初中。他们 4 个都不会写，于是我替他们写了小字报贴到大队部门口，把这事嚷嚷得全村都知道了。我起初认为我所做的是正义之举，但升入初中以后这位老师不计前嫌仍旧对我好，在我的心中就埋下了愧疚的种子。这也许是激发我写那篇作文的未被察觉的动机，但更重要的是我正在学习接受“伤痕文学”的叙事模式。

我初入二中文科班后曾细察教室后墙上贴的优秀卷子，发现某位同学在他的作文中使用了“精致”一词。这使我大为惊讶并心生羡慕。我从未用这个词形容过任何事物。难道在我们的树皮一般粗糙的青春年华有什么东西会是精致的吗？难道任何精致的东西不正是应该被唾弃的吗？但他却发现了“精致”。在普遍荒芜鄙俗的卷面上，“精致”这个词如同一朵开放在荒原上的花儿令我目眩。

我的最大问题是跟不上数学课。数学老师是一个广东人，我基本听不懂他的话。这个广东人是如何流落至此的？这个问题从来就无人问过。落拓不羁的语文老师兼班主任据说是前地主家的公子。他似乎一直不知道他的班上有我这么一个后来者，直到高考结束分数下达我亦忝列榜上，我才有机会首次与他交谈。他坐在被窝里满面春风地接待我令我这个青涩的少年既深感荣幸又莫名惊诧。

1978 年的高考试题曾经就在考场上令我大吃了一惊。我至今记得语文考试的情形。卷纸发下来后被命扣在桌面上，监考老师警告说要等到考试铃声响起之后才可以翻起来做题。我掀起卷纸一角偷看，这一看不要紧，简直吓晕了。卷纸是一叠而不是一张，上面密密麻麻地写满了字，这和我们预期中 1977 年的那种以一道作文题为主的试题完全不同。这可怎么得了，这样的题谁会做？等到开始答卷，收拾起已经死定了的心情，双眼只望定了试卷，这才发现也勉强地会做一些。作文居然只是许多试题中的一个并且是缩写而非真正的作文，这简直匪夷所思。但已经顾不得许多了，华山一条路唯有做题了。这恐怕就是延续至今的标准化试题最早的雏形。这种模式只考查学生的所谓知识点。它不要求你思考，更无须创造。因此虽然是一大堆题，但当真撸起袖子开始做，居然流水一般地就做了它。

那年好像晋城县文科达线共 44 人，我名列第 22 名，为二中文科些微地增加了一点升学率。但我们（我代表身患残疾者说）从来不知道我们这些人是没有资格升入大学的，从来没有人告知过我们这一点，直到所有达线的同学都真的走了，我们（我隔壁教室的理科班有一个我的同类）还站在原地发愣。我们是被高考遗忘的人。我一直以为我将通过高考到达我的身体阻止我到达的地方。结果却是这样。

这样的不公落在了我的身上还不能完全令我绝望，因为我的家庭属于“特权阶层”，我能够从另一方面得到补偿。1979 年春节刚过，我就按父母的安排当了一名发电厂的徒工，月薪 20 元，名曰徒工实际上我是坐在办公室的人，这当然也是拜我的家庭所赐。这 20 元的徒工工资是大有讲究的，只有电力、铁路等特种行业的徒工才可以拿到 20 元工资，其他行业的徒工都在 18 元以下。从此以后我可以使用 20 元工资中的 5 元，另外的 15 元要交给母亲充当饭费。5 块钱的用场可谓大矣。我开始订阅杂志出入书店。县城里唯一的新华书店玻璃柜台后面的营业员已经不能视我为一个蹭书看的闲人或穷人。我对书店里经久不换的书籍了如指掌。一俟有新书到来，它们就像村庄里的外来者会非常地惹眼和好看。有的书非经反复考察我不肯掏出钱来。我订阅的杂志中居然有上海的《外国文艺》，我在那上面读到了康拉德和其他一些后来才知道是经典作家的作品比如《活下去并且要记住》《伤心咖啡馆之歌》等。我读得半懂不懂却兴趣盎然。

1979 年我去过一次或多次县图书馆和文化馆的小院子。在文化馆的一张桌子上我略微翻看了堆放在那上面的由当地作者投往那里的文稿（供这里的油印刊物使用），在一首诗歌里我看到了“边陲”一词。即使在那时我当然也已经知道我和那位作者共同所在的地方只是内地，但这位和我一样居于此地的作者却写了“边陲”一词。这个词仿佛像一个朦胧的实体，其中生长着梦幻的树林横亘着篱笆包围住的色彩绚烂的村寨。我那时对一些陌生的和奇异的词具有一种近乎原始的感受方式。我把它们当作物而不是概念来对待。同样的情形也发生在另一件事情上。我所在的发电厂的一个姑娘爱上了一个小偷，他们的爱当然不被家庭所接受，于是二人相偕自杀。在一起喝药之后，姑娘被救活了，小偷死了。这位姑娘我见过，但小偷死而不能复生使我无缘得见。我所面对的其实只是“小偷”这个词而已，但这个词变得日益人性化起来，它长出了手脚和黑黑的脸庞。于是我想要写一个小说以把这个词赶跑，让它不再纠缠。但我还不会写小说。我只能任由“词与物”的坚韧关系如同一条锁链使我长久不得解脱。

这一年我在电厂，处在了电厂这个词的里面却无法一窥其究竟。我参加每季度一次的机组大修。我登上梯子手拿塑料软管冲洗那机器上细密如蜂窝状的孔洞。每冲洗干净一孔我的喜悦和成就感就如同一股气流倏忽间穿越那细孔汇入到了机器另一面的无垠之中。这种偶尔的体力劳动偶尔地撬动了世界，因为世界呈现得如此具体，它的被改变也如此的具体可见。这里含有支持劳动之所以可能的根本信念。站在梯子的高处我是如此的投入，但愈是投入地劳动愈是不知自己身在何处，愈是不知我此时此刻所在的电厂为何物。梯子、塑料管、无数孔洞、机器和我自己共同组成了我当下的处境。这个明亮的车间的外缘是黑暗的。车间是明亮可见的，整个电厂是黑暗的。下了夜班穿越黑暗进入几百米外的家中，临睡前的脑袋里浮现着的仍是那些细密的孔洞，顺着那些孔洞灵魂一点点地跑到对面掉在了对面的地上。睡眠就是灵魂脱壳。早上起来，昨晚撬动世界的劳动的意义居然无影无踪了。必须重新收集起散落的灵魂才能攀上那座二层办公小楼镇定自若地翻看报纸喝茶水无所事事。并且还必须面对下一个严重的问题：明年怎么办？我的未来怎么办？

有一天，我在师范附小的大门口看见 1979 年文科高考的红榜张出来了。考入重点大学的十几个人的名字在我的眼中纷纷指向了他们的暗中闪现的脸孔。它们中的一些是我所熟悉的。我为什么不从电厂大修的梯子上爬下来不再望向那些望也望不完的细密的孔洞呢？体力劳动的意义只显现于体力劳动的当时和身体沁出的汗水中，擦干汗水的同时就也擦去了那意义，站立在红榜面前的我仿佛天然地知道那些于我如浮云。在当时的社会氛围以至在今天的社会氛围中这个问题的答案都是一种绝对的肯定，即绝对地否定了体力劳动的意义，整个洪流都是向着那个方向去的。既然如此我的青春的决绝就不会允许我在如此肯定的答案面前退缩。但阻力会是空前的，因为我将浪费一个招工指标，也因为我可能仍旧会徒劳无功。没有人问这个人他为什么就不能去往他向往的远方？他们鉴于前一次考试而得出了不可能的结论，只有不可能才能令人放心。在可能与不可能之间所有人都会选择后者，因为所有一切从来教给他们的只有不可能，只有人的正当愿望的失败，自由的灰飞烟灭，正义的无法实现才是唯一的可能。人只能被关在笼子里，而不可能打开这笼子走出去。这就是他们的理由。一个早已被设定的否定性高于人的力量，尤其高于个人的力量。所有否定性的冷漠造成仿佛天然的强固颟顸而向着任何个人和个性碾压过去。每个人都在碾压中蜕变为成熟的并由衷地说出：“吾齑粉矣！吾虫豸矣！”但你还不能够像陀思妥耶夫斯基小说中人物那样对于自己是虫豸表示愤懑，而是要表示满足。也许只有青春，盲目的青春、遍布伤痕的青春、反思的青春和青春的反思才不肯就范。

这一次我去的是晋城一中的文科复习班。我想的是和我的国家做个交易。假如我考得非常非常好可不可以打个折扣让我上一个差不多的大学？这当然只是我个人的想法，本质上是抒情性的，并不具有一个经济人的理性。我只是将以大半年的时间为我的青春写一个句子，这个句子也许会成为一个荒谬可笑的诘问。

经过 1978、1979 两年的教学实践，此时的晋城一中已经摸索出了一套针对高考行之有效的教学模式。我甫一进入文科班就听语文老师兼班主任反复告诫说，大家不要着急，我们先来学文言文几个月，然后再来学语文知识和现代文若干时，因为它们各占考试总分的百分之若干，至于作文的能力谁也无法在短时间内得到提高而且它所占比例只有那么一点，不学也罢。这番话说得我颇有一点小小的失落感，因为写好作文曾经是具有挑战性的甚至是荣耀自己的一件事情。语文课而没有作文则不知其可也。其他各科也均是按照知识点来进行教学，其中并无对于任何问题的辨析与讨论，唯一需要做的就是记住、记住、记住，把所有一切都记住。这是很令人厌烦的。学生们在宿舍、教室、操场，在任何一个角落里都念念有声，像长着两条腿的一台录音机。空气里到处充斥着的都是年代（历史的）、人名（历史的）、地名（历史的和地理的）、概念（政治的）。数学当然也是短时间内难以提高的，于是数学基础不好的同学们把希望寄托于上述种种。他们的背诵声更有点像一种绝望的呢喃声。我觉得大可不必如此。我对所谓的知识点不以为然。我只有“兴趣点”。如果没有，我就寻找。我最无兴趣的是政治课，无论如何也找不到那里面有我的任何一个“兴趣点”。

1980 年前后那是一个过于简单明了的历史时刻，是一个重启历史的梦幻之地，尤其对于当时的青年如我之流来说更是如此。我们的正义感爆棚，我们一身轻松地走向远方，我们像年轻的神，夸张了我们的身影。为了我的梦，我考试，我失败，我骄傲地不作任何抗议。我可以舍弃一切，只留下我的骄傲和未来。

我迷醉于每一道新的数学难题，迷醉于每一个踏出教室门槛走向宿舍的夜晚的瞬间（无声的温馨），以及那一小段校园甬道上的凹凸不平，因为它是未来长途的起点。空气中充溢着一种莫名的无色无臭但却令人迷醉的如蜜蜂般飞舞的希望的粒子。离宿舍不远的一个小门通向了无人的操场，操场的另一厢是麦田，也许在操场边上的某个角落里正有人在背诵可笑的历史题，但总的来说这个操场这块麦田弥漫着一种空阔的寂静，一种远方的召唤，一种搁置和等待一种即将到来的美好。

夕阳西下时候，那些背诵完历史题的同学会相偕着登上操场前面的一小段陡坡进入这个窄门。这个葫芦状的操场的上端的确形成了一个窄门。我的同学们，他们中的每一个人都背负很多，有的是早早没有了父亲，有的是年龄偏大把高考视作孤注一掷的命运之剑，更多的人来自农村，他们誓要摆脱黄土地上那祖祖辈辈的噩运。所有人都要进入这窄门，而不要掉进那灾难般的宽的门。我也同样不能再回到电厂，那样我将无颜面对江东父老。

但我就是不愿加入嘁嘁喳喳背诵历史题答案的合唱中，我隐约觉得历史是不可以这样来对待的。但是老师总是这样，他总是在讲所谓的要点得分点。政治课更始终是讨厌的，地理课也以记忆为主。世界之大为我们所未尝亲见，只有通过考试我们才能看见外面的世界和世界的外面。地理课让我们觉得我们的愿望是不现实的，因为我们这些卑微的人竟然试图走入地图，这多么荒谬啊。语文课是背诵文言文。只有数学是有趣的、引人入胜的，是可以引起人之为人的优越感的，因为它使智力得以发挥。所有的数学难题都有一个深埋的核需要你找到通往它的入口，钻进去含住它耐心地咀嚼一番，最后钻出来，微笑地将那核吐出来。数学老师不厌其烦其实只是将核反复地示范性地吐给他的学生。但对于学生来说那个隐藏在逻辑深处的枣核，被发现、咀嚼并最后吐出来之后却仍能发出宝石般的光芒。我们通过努力收藏这些无用的宝石以证明人之为人的骄傲。这就是数学。但我那时未曾想到一旦高考过后这些宝石将被抛弃到路边身后的荒芜之中。

高考复习班的几个月是一个完全的封闭期，外面世界发生的事情一概不知并不闻不问。每一个人都像蚂蚁一样负载着超出其体量很多倍的负担，他们貌似生活在一个巨大的集体中间实际只是孑然一身地孤独前行。一位李姓同学经常从睡梦中一跃而起扑向挂在墙上的书包，有时会踩了睡在地铺上的别人的脸在黑暗中惹起一场纠纷同时又惊扰了地铺上 50 多人一起在做的高考梦。人人之间都形成了一种竞争关系。但如果谁的竞争心表现得过于明显则会惹起众怒。比如这位李姓同学，他有天晚上在教室熄灯之后燃烛夜战时遭到一块土坷拉的袭击，包括袭击者在内的所有人都笑眯眯看他徒然地叫骂而找不出罪魁祸首。究竟谁会成为当年的高考“状元”也一直是一个敏感的话题。成绩不佳的同学渴望与人建立一种类似于人身依附的关系以便在平时的学习中和将来的考场上获得帮助。老师也鼓励这么做，因为这可以提高他的这个班的升学率。这个班人数最多时达到了 140 多人，完全是一个沙丁鱼罐头，通过预考筛掉 50 多人后仍然有 90 人挤坐在这个普通教室里。预考时我的成绩只排到十几名而且语文第一名属于了别人，这引起一些人的窃喜：原来这个大家看好的候选“状元”也不过尔尔。未来将成为“黑社会老大”的那个同学也大部分时间乖乖地坐在前排听讲。我走入自己的座位时必得经过他的身边，因为无路只得请他让让他便让让。因为迟入学两个月我的座位本来在最后一排。坐在那里时我知道了坐在 140 多人的最后，老师的声音会显得多么的遥远，并且因为遥远而显得不真实，因为不真实而显得无足轻重，从而使得两只耳朵永远处于惶然之中。中途有同学上中专走了腾出一个无比珍贵的居中又靠前的座位，那周围的同学们立刻邀请了我，我得以占据了一个优势地位，代价是拿出一定的时间辅导他们的数学。另一个问题是所有人的荷尔蒙都被压制得不活跃了，一直到离高考只有几天时才首次出现了追逐女生的传闻。我也是一直到上了大学之后才如梦初醒地发现原来跟我一起考来的某女生竟美艳如此，而我竟在大半年的时间里对她视若无睹。我的自我感觉是非常轻松的，而这种轻松的自我感觉实际上是一个自我欺骗，是为了掩饰一种致命的紧张感。

　　时间来到夏天，严重的问题产生了。冬天的问题是每天早上洗脸毛巾僵硬如铁，必须以珍贵的热水将其泡开而热水是需要人去打、去抢的，而我做不到只有仰靠别人。现在夏天新的问题发生了。50 多人的大宿舍哪怕打开所有的窗户里面的臭气都熏得人无法接受。那时的高考时间是每年 7 月的 7、8、9 号。天气会愈来愈热，问题便会愈来愈严重。我早做打算央同学在一中院墙外租房，那里有一小门可入学校并且离食堂近。在那里我度过了临战之前最后的一个月。所有的瞌睡都来了，我几乎是睡了整整一个月。房东是一个青年工人，与我同屋而睡，他睡炕我睡单人床。他看我每天大睡，惊讶无比，觉得我可能有病。每天早上有同学给我送饭来。一碗玉米面糊糊上面一撮咸菜。我吃过后倒头再睡。几个月积攒起来的疲惫像一座山一样从肩膀上卸了下来，卸也卸不完。远离集体的六月小屋里的阴凉和孤独发出丝丝甜味令我颇感惬意。

在此之前班主任老师就开始让我承担一些本属于老师的工作，比如阅卷。我提出的条件是他将来去省里阅高考卷子时，如果我的分数够高可否跟山西大学里面他熟识的人打个招呼让我的身体条件不至再次成为严重的障碍。他答应了。

转眼高考在即。按往年惯例班主任老师要编排一个座位表提交给教育局。这个座位表就是考场里的座次了。老师鼓励学生们自由结合以便在考场上互相帮助。围绕着这张座位表展开了明争暗斗。我仍然被视为具有争夺“状元”的实力，我的前后以及前后的前后都被精心地安排了一番。

我只看管好了我自己。我的可笑的自尊和自傲甚至都不允许我充分地重新审查我的答卷，以至于把最简单的一道数学题给看错失去唾手可得的 14 分后再无机会救回，我的数学得分是 86 分。同时失去的还有未来可资炫耀的话题的分量。这年我的总分 407 分，果为当年晋城文科“状元”。

县教育局招办的人从太原打回来电话说晋城第一名突破了400分，但他体检不合格应为他再行复查。在县医院复查的结果仍然是“不合格”。从省里阅卷归来的班主任老师也不再提起他许给我的诺言。我的骄傲心再次作祟使我无法向老师开口也无法向父母开口。我知道父亲认识山西大学的一个书记一类的人物，但我无法向他开口，因为这次参加高考本就是违背了他的意志的。父母也不跟我讨论这事儿。

响起在我周围的一片庆祝声慢慢消退，同学们都接到各种通知书入学走远了。我像一只失群的青蛙哑然栖于只有一只青蛙的岸上发不出任何叫声。没有让我知道的事情是父亲去找了晋东南师专的老校长，那是他50年代在党校的老师，老校长允诺我可以去上师专。就这样我成了在师专的“考上了北大的人”。我的虚荣心还是部分地得到了满足。

在从师专毕业5年后的1988年暑假，我去投考了北京大学的作家班，在接到录取通知书一段时间以后又接到一个通知书，通知我北大作家班停办。1993年我考入武汉大学作家班，这时候我已经没有心思坐在课堂上听人絮叨。我和我的几位作家班同学组成风景如画的东湖岸边的一个“吃饭队”（老师对我们的戏称）。两年时间我们日日游玩于珞珈山上和美丽的东湖岸边，为败坏已经在悄然变坏的大学氛围做出了我们微末的贡献。

我实际上是以五次而非三次高考才收获到了一份“生活在别处”的空洞的回忆。很难想象这一切是真的，但我却真的就是如此这般地消磨掉了我的生命的一部分。渐入老境的此时的我只有怅然回首而不能对此做丝毫修改了。我连一声遗憾都无法道出。我得把过去视作一条本然的路全盘地接受下来，仿佛那条路与我的意志的抉择思想的行进意识的演化已经血肉关联。事实上我的思想却常常游思在外而无所归处。

但无论如何我是参加过考试的：一个学生的情怀像一只永恒之鸟，回旋在了时光深处的教室里。

2017 年 4 月 24 日

慈城行

一

2010年正月初四上午，我携妻女由郑州新郑机场飞至上海虹桥机场，一落地即乘车穿越梦幻般七彩跨海大桥，又在接引我们的女士指点下看了满眼沿途的新旧民居，下午4时许到达目的地宁波慈城清道观。我们被引领至一处意外宁静的院落里。

台湾辛意云先生的国学讲座正在进行中。

我孤陋寡闻，从未听说过辛意云先生大名。辛意云是“最后一位国学大师”钱穆先生的入室弟子，终生从事中学和大学教育。钱穆先生仙逝后，辛意云成为台湾岛内“唯一”儒学或国学传人。让我更为惊奇的是，辛先生求知而后传人，却终生不事著述，至今只有《论语辛说》半部音像书出版，那是他在电台的演讲录音。当今时代，述而不作者，竟真有其人，我不由得大兴感叹。

辛先生年已67岁，面貌清朗竟一如中年，谈笑风生，有蔼然长者之风，又仿佛从历史文化深处飘然而至的青春少年，是那种内心的宁静绝不能被扰乱的人。而所谓讲座，实则漫谈，无题，无始，无终，只要中国文化中的问题，或座中诸位提出的问题，便可漫然道出，结合本身讲学经历和人生细节加以翔实解说。其举重若轻，言出有据，于亲切散漫中时有吉光片羽的演讲风格，让我这个近20年不曾在任何课堂里待过的人慢慢地被吸引住了。

现场古色古香，阳光从格子门窗悄然挤进，散落于地，如同座中二三十人之外的又一群听众。所有听众均凝神专注，随辛老师的演讲相俯仰，他们发出一阵阵会心的笑令我这个迟到者有一种感觉：虽然我人已经来了，我的心却还在旅途中奔波未至。仙境已有，而心之途漫漫，此类情况常有，而现代快捷的交通更让我们的身体比心先到，甚或那身体已经通过的千山之遥，反而是生命中最轻的心灵永无可能逾越的。对于这一情况，还有比此情此景更为佳妙的实体象征吗？

二

辛先生讲，孝道是一种生命的肯定。

辛先生讲，敬，即庄敬之敬，是生命的觉醒，是凝神。

辛先生讲，“仁者，人也”，仁者爱人，因此，儒家学说从爱开始，从生命的肯定延续。

辛先生讲，婚姻者，结两姓之好，打破了氏族内婚制。

辛先生讲，儒家政治的要义，是化天下为一家，因为天下乃天下人的天下。所谓“一统”并不与“统一”相同，“一统”乃是生命的文化理想，这一理想可表述为：共存、共荣、共生。

辛先生讲，儒家要和合，而和合者首要的在情、在心，和合就是要通天下之心、之情。饱受诟病的宋明理学实际是通天下之心、之情的认知。人之心在情。所谓圣人，即至情至性者也。

辛先生当然也要讲道家，他表示自己信从钱穆的老子在庄子之后的论断。

辛先生讲，老子功成身退的学说是关于人的最为伟大的创造之一，因为那时的人类尚未了解退隐也可以成为一种生活的方式，甚至是一种最符合天道的生活方式和文化方式。那时的人类只知道进取和搏击。

辛先生讲，语言呈现的真理只在语言后设以后，即经验之后。这种西方分析哲学的论断出自辛先生之口，可以知道辛先生的国学已不单纯。

辛先生讲这个的意思并非要表示，语言一出，大道已失。因为辛先生接下来说，中国的文字是设计出来的，用几个汉字即可复原一个时代。因此我理解辛先生的意思是要说，中国的文字是与中国人心中的天道联结为一的，是为了天道而设计出来的。

辛先生讲，为什么一阴一阳之为道，阳即创造，阴为凝聚。辛先生以他身体的前举和退行，来形象地演示出这一永恒并永远不会失去其效用的真理。

辛先生讲，道失以后，才有德。而今天的道德还并不就是古代的德，它相当于中国古代的礼、法，是西方的契约，人权和权利等观念的引进。

辛先生讲，古之德，德者得也，心得之谓也。

辛先生讲，中国学术是养生丧死之学，为的是生命的无怨无憾。如果说西方文化用的是归纳法，则中国文化用的是演绎法，这一演绎的大前提即生命。

辛先生讲，中国学术是关于生命的，关于人生的，而西方的学术总是弄不明白人生是怎么一回事。

辛先生讲到孟子时说，没有孟子，儒家就不能真正成为儒家。孟子是儒家的集大成者。是孟子发现了人心之四端：恻隐、善恶、辞让、理性。

辛先生讲，中国人讲求人要适当地爱别人，而不是像西方人那样疯狂地爱。“己所不欲，勿施于人”，此之谓也。孝弟，中国之爱的学说。

辛先生讲，中国哲学乃生生之学，尊生之学。

辛先生讲，中国是一个和平的国度，素不崇尚暴力，国与国之间关系的原则是“文德以来之”。

辛先生像很多新儒家一样，宣称 21 世纪必会是中国文化对世界文化做出重要贡献甚至主导世界文化的一个世纪。

三

我的妻子和女儿却没有耐心听辛先生讲。她们到客房吃面去了。我用手机短信反复呼叫，她们也不肯再来听一会。我便不再强求。

如果辛先生所讲的“生生之学”“生命之学”，在她们看来竟与她们的生命不能发生关系，那事实可能就是如此，因为人既不愿也无法走至其自身愿望的反面。她们当然比我更清楚，她们从我们的家里来到这里，是来寻找什么。

这正如我看“最后一个儒家”梁漱溟当年搞乡村建设运动的有关史料，不也是徒有隔世之感，而不复能够产生了解之同情了吗？像我们这样的普通人，只不过是一些历史的漂浮物，我们没有机会和耐心深入到历史的底层，我们以为俗世的浮华是我们唯一的需要和愿景。

这也如我无法想象生活在慈城县衙后面“历史的地狱”里那些贪官的真实表情。古代中国严刑峻法下亦有贪官，他们前仆后继，世代相续，不绝如缕。他们灵魂的表情并不容易想象出来，我甚至都难以想象他们真的会有灵魂吗？所谓灵魂，乃是一个善的概念，一个丰富的概念，而贪官们所付出的代价就是，他们在史上的记载被脸谱化，他们的灵魂也随之变得简陋，甚或简直就是被注销掉了。

我们随后去宁波参观天一阁时，我停下脚步站立在参观的人群中，凝视天一阁主人范钦的画像良久，眼前不由得浮现出孔子、朱子、王阳明，还有梁漱溟，以及几个小时以前还对我微笑着的辛意云的面容。从这些不同世代的脸谱上竟可以读出历史流转的确切信息。那些信息带有某种历史之彼岸的明确性。

那些活在了历史上的人，从历史的深处继续对我们诉说的人，他们所说的并非一种可能的生活，乃是一种不可能的生活。这正是历史人物的悲剧所在。

我站立在那里，继续凝视着人的脸。从历史上的儒家，到“不会笑”的梁漱溟，再到始终微笑着的辛意云，历史的大变迁最终凝结为人脸上方寸之间一汪异常清澈的深潭。我为此慨叹不已。

四

慈城镇，现隶属浙江省宁波市江北区，史上曾为县治，共出过 500 多名进士和 5 名状元，以及许多的近现代文化名人。

走在宁静安详的这座小城里，想到上述数字，我有不可思议和时空浩瀚之感。

此次由台湾和大陆两地文化界人士在此举办国学研讨会，是拟建中慈城书院的系列活动之一，亦可作为此地文化之薪火相传的一个证明。

我在研讨会现场发现，之前他们还做过“汉字之美”和“慈孝文化”等研讨和讲座。把“慈孝”作为一种值得宣扬的文化传统，并为此举办研讨会，在我是第一次见到。

慈城目前可看的景点，有县衙、孔庙、城隍庙和我们开研讨会并在此居住的清道观。

县衙里，慈城史上清官和贪官的各种展览与现今的反腐和党员教育结合了起来，令我感到意外。难道我们只有在历史的否定与历史的膜拜之间进行鬼打墙式的行进吗？

与阴冷的县衙不同，慈城的城隍庙里则是一派热闹景象，杂耍、小吃、唱戏，人头攒动，仿佛回到明清时代的狂欢与日常。中国式狂欢本与日常相通，并非对于日常生活的逸出、超越或反讽。就此性质而言，走进今日之城隍庙，就已经成为对于历史延续性的一个肯定。民间文化乃是历史的河床。中国近代以来超越百年的文化奋争要真正沉积为河床上的沙石，不知还需几时几世。站在慈城城隍庙热闹的人群中，我有一个问题：

一个民族的变与不变，究竟是一个什么性质的问题？

清道观里却没有什么游人，也许是因为我们的会议，也许清道观理当如此？不论怎样，清道观里可真是清静得可以。我们的会议是白天连着晚上连轴进行，无论白天还是夜晚，我们都像是在开神仙会。偌大的一个清道观，二三十人在古色古香的小院里坐而论道，尘世的声音一丝也传不进；门外还有身穿制服的保安守卫着。友人们纷纷感叹，这种地方真是找不到了。

从清道观走出，我一家人去宁波市区转悠时，我顿有重返红尘的感觉。

我在眼花缭乱的宁波商业区的人群里筋疲力尽地走着，觉得世界只能是这样的，而不会是别的样子。它正是这般的肮脏、嘈杂、热闹、冲突。我仿佛明白了为什么神仙也喜欢到尘世里来，那是因为，一个按照既定规则和清静原则建造起来的世界是不可能存在的。

我们每一个人都可以抱有一个关于社会的理想，构思一个理想的社会，但我们真正能够做到的，只是说服自己在这个是其所是的唯一的世界上继续待下去。

这一次我们从各地走来，相聚在一起，谈论国学儒学，也只不过是为了肯定我们古已有之的生活方式吧。

五

每天晚上都开讨论会，讨论的范围可以极其广大。

比如，可以问为什么中国文化的标志性活动会是琴棋书画这四种？辛意云先生的回答仿佛是说这四种活动都可达至天人合一和相与和谐的目的，都是中和的艺术。

比如，可以问辛意云先生是如何教育好他的那些学生的。辛意云先生的回答是，只要老师和方法合适，每一个人都是可以教育好的。他所指的，当然也包括了学生的道德品质，而不光指学业。

会上有一位女士，是台南大学博物馆学专家，竟也精通古琴。会议组织者特意为她寻来一架古琴，请她现场演奏。她先是鉴定了古琴的价值；接着又为摆放好那把琴花了不少时间；然后，她正襟危坐于琴前，讲有关古琴的美学又花了不少时间；最后，当她开始弹奏，却因为心已乱而无法进行下去了，因为在这个场合人与琴未能合二为一——而这也正是她所讲的古琴美学的要点之一。这是发生在晚间讨论会上的情节之一。

既然讨论到音乐，有人就请辛意云先生唱一曲。辛先生讲了他起初不会唱歌，后来是如何学会的，大意是说有人教给他发声的方法，于是他就会唱了。他唱了一首，我忘记是哪个少数民族的民歌。他把情歌果真唱到了“哀而不伤”“温柔敦厚”的境界。孔子教导人们应“游于艺”，“成于乐”，辛先生不愧一个终生服膺儒学的人，竟如此地丝丝入扣，令我叹服。

六

最后一夜是篝火晚会，在慈湖边上的宝善堂里进行。

宝善堂院子中央生了篝火，人们围坐四周。

但是，这个篝火晚会没有一点晚会的样子，自始至终人们都三五成堆地在篝火和灯光映照下的夜色中交谈，或站着，或坐着。

没有人觉得既然是篝火晚会就得翩翩起舞。

和我交谈的是台湾《天下》杂志的锦棉女士。她曾向我约过稿，我们通过电话和电子邮件，算是熟人了。她谈的是她的编辑工作。她正在为辛意云先生策划出版他的第一本纸版书，这本书谈的是中国文化中六大要素："天地之美""相与之美""川流之美""伦常之美""礼仪之美"和"情感之美"等。

锦棉女士说她做每本书差不多都要两年之久，从策划访谈开始，到对书稿的一次次深入挖掘，直至最终完成。她还回答了我所问有关台湾文学现状的一些问题。

锦棉女士带了她的先生和儿子来。她的先生是一个陶艺家，她的儿子刚从澳大利亚墨尔本大学的研究院毕业。他们家在澳大利亚住了 20 多年。当我们的篝火晚会最后一个节目上演，即开始燃放烟花时，锦棉女士的先生仰望着开放在夜空里的烟花，夹杂在巨大的声响中对我说，他都有 20 年没有过过年了。他是一个多愁善感的男人，他当着我们的面流下过眼泪。在慈城或别的地方，他和他的儿子经常互相走失，然后又互相找见对方。他的儿子是一个像女孩一样柔弱而羞涩的男孩子。相比之下，锦棉女士沉着稳重得倒更像是一位先生了。这是一个融入了多种文化因子却纯然是由中国人构成的家庭。

那年轻的儿子看烟花散尽，柔声细语地说，这么快就要结束了吗？

七

初七日下午，我们一家人已经跻身于上海南京路上熙熙攘攘的人潮中。我的妻子女儿如鱼得水，我却是一副奋力赶路的样子。

晚上回旅馆前，我们去看一眼外滩。外滩面目模糊。但是，总体来看，夜上海才真的像上海。

初八日上午，我们乘机返回。

飞机行驶在蓝天里。我略微感到晕眩。身体的快速位移使现实膨胀至我们的现实观不便接纳的程度，这就是我为什么晕眩的原因？

问女儿是否有同感，回答是根本没有。这个80后比我更气定神闲。也许她这一代人的现实观恰好能够容纳这个越来越令人眼花缭乱的现实？她们懂得不必去问为什么。

而对我来说，晋城，慈城，水波荡漾的宁波，华丽妖娆的上海，清道观里的儒学，城隍庙里的欢闹，已经推开的熟悉的家门，走在脑袋里或街道上的人群，飞机场振翅待飞的飞机……所有这一切，它们必须互相兼容，形成一个新世界，也就是说形成一个旅行之前所没有的新的世界观。

2010年2月25日至3月3日写于流碑亭

看不见的大寨

受毛校长之邀，这一回我们去的是昔阳。为什么要去昔阳？还不是因为大寨！至少对我来说，没有大寨的话我怀疑自己会主动地去经受这四五个小时的车马劳顿，毕竟肉体凡胎，年事已高。而且说老实话，到处都已经没什么可看的。一切如新，新得发紫。况且10年前已经去过了大寨。但这一次我想的是，我要再去看一看！不知为何我会这样想：得看见两次，才可得证实。因为两次才是重复，才可够得上喜剧的元素之一。

这一回走的是高速公路，就这也得4小时。这时间足够我回忆10年前的那一幕。那次我们是专程绕道前往，去看一看当年的心中的圣地。说是我的心中的圣地显得夸张了，那时有我吗？有的，但我是众中之一毫，尚不能分身出来，独自观察和思考。如今我认为，圣物是有的，但它只在一个人的心中。

无论如何，10年前的我们曾经绕道而前往。我们的车渐渐驶进一条街道，我提起的心放了下来。我看到大寨工贸公司的字样，董事长某某某，不禁在肚子里叫了一声，“原来如此——”车停在街上，仿佛是一种随意践踏。但到处都是商家的融融笑意。我们便踏入了其中的一家。司机老李70年代来过大寨，吃过大寨的什么什么肉，我们就随他再吃一回——吃历史的肉，就像吃唐僧肉，可以长生不老；但是，你不要错了，长生不老的是历史，不是你。果然，一边吃着，咂巴咂巴嘴，仰脸看天，老李坚称这已经不是原来的什么什么肉，味道全变了。其实是历史的幻影术！老李他不明白。

饭后是游览虎头山等等。简直就是一只脚抚平了沙滩。童年的快意和悲伤还没来，就面临着最后的一个问题了——我们的郭沫若先生可咋办呢？我显然记得我没有去看郭沫若的墓，我只是站在那里看着他们三人走着去了。看着他们的背影远了，我在那里发愁呢。我恐怕他们入戏太深，像郭沫若一样一去就回不来了。我认识的老汉王就是这样的。他曾是中共九大代表、山西省革委常委、晋城县委副书记。在九大的分组讨论会上，他和陈永贵争辩了起来，因为他们都处身于“山西问题”中又都说的是山西方言，互相都明白对方在说什么，正好有可争论的。在人民大会堂的某个会议厅里，陈永贵同志拂袖而去。这样老汉王就回不来了，因为几年之后陈永贵荣任了副总理，他离去的穿老棉袄的背影像一只黑洞紧紧地吸住老汉王，使他一生都不能回到转过街角的这一片生活中来。我们的三个人却已经回来了。他们又说又笑又蹦又跳的，告诉我，我不去是对的。他们嘻嘻哈哈地笑着。这种欢笑精神张扬的优越感，竟置郭沫若同志于何地！

我得承认我的所谓行走，通常不过就是抵达而已。但抵达与未曾抵达是不同的。我们需要进入那些特定的历史的场域，以便能够回忆起我们自己。虽然我们都在宏大的历史叙事中未曾缺席，到处的历史的斑痕在我们的眼中也都是一样的，但正因为如此，我们需要一个神秘的孔洞，一个偶然的机会，一个神意般的罅隙，以便我们能够钻出去，站到庞然之物的对面。万一摆脱了那不可承受之重，说不定我们就可以飞升上去，突然听懂了百花、万物，一片片的废墟的言语。那将是何等的境界啊！

这都是我的妄想。毛校长却是一个实干家，他已经安排好了三天之内的所有行程。

第一天晚上是松溪河边的篝火晚会。下午我出去置身于蒸笼般的炎热中，快速地看了两眼松溪河。几只快艇在我眼前冲破了松溪河的平静。快艇过后深绿色的河面上的漂浮物复又没事人一般的荡来荡去。松溪河竟然属于海河流域。我的只用于40年前高考的地理概念小动物般蓦然苏醒过来，但它的懵懂无知很可爱、很萌。我不待管它，让它一边玩去了。我想说的是篝火晚会。我代表作家们致辞，用昔阳电视台的话筒。在河谷中，声音很大，吓我一跳。根据毕星星先生的引用，我说我们来到了一个震耳欲聋的地方。我记得我说的是，我们来到历史发生的地方重新经历一遍。但我真正想说的是，我这是第二次来了，我要得见证。一切都是见证！篝火晚会上毛校长的一曲《外婆的澎湖湾》淆乱了时空。宏大叙事的空间一下子变得如此温柔，如此童年。这所有华人的神曲把我们的外婆遥遥托起。全场舞动。我忘记了在灯光外的黑暗中流淌着的松溪河，以及我念念不忘的大寨。我以我的蒙眬醉眼（一天喝了两场酒）紧紧追随村子里的秧歌队。这些农妇身着蓝衣白裙，化了妆，在篝火旁舞出一个个圆圈。她们的身姿如此曼妙，仿佛在我的想象之外舞动着。而我在这欢乐的圆圈外面坐着，像是一个丢失了外婆的孩子。

所有人都加入圆圈中间。中央是火。舞不停。这些连续的瞬间不同于生活中的，它们在广大的天幕下缝合起一个热情温暖的空间。就像外婆看着我们的眼神，就像童年的我们奔出家门的一刹那。但我要的是火。我深知自己的冷漠。我的愿望是要像一个诗人那样燃烧自己，直至燃尽。但我却始终离火那么远，更别说自己成为一团火。

晚上睡不着，说了很多话。余烬散去，方可平静。我梦见自己潜入了松溪河，壮大如一条中华鲟，游来游去。第二天我们真的看到了中华鲟，这些黑色长剑似的幽灵。在狭窄的水池里，这些幽灵以它们锋利的身形吐出言词。昔阳下着雨，时大时小，在湿漉漉的天地间，我觉得我们都小于中华鲟。

然后我们去看雨中的荷花，看矮种马和猴子，并且真的看见了。猴子的无理和贪婪超过人。凶猛的它被关在笼子里，仿佛我们已经把权力关进了笼子。它独自在里面沸腾着，一点也不安生。我们大笑。我们又一次取得在动物面前的优越感。那镜中的我们张牙舞爪地向我们扑来，试图夺走我们的手机和其他财物。原来我们竟是这样的迅猛，于是我们又都笑了。嘲笑过猴子之后，我们就离开了。

我们去看毛家大院。这雅致的民居已经存在好久了。它的外形完好，内里如何我就不得而知了。我觉得每一处老宅院都是历史的幻影术投出的阴影。它们饱吸尘世的空气，世故而又清醒地蜷缩在天底下，仿佛在以老庄之道等待着历史的转机。但机会如电，闪闪而过，不会让你等到的。这些无非就是历史的肉，人人想吃，但终究还是喂给了历史自身。这头首尾相接的巨兽，自我吞噬，养肥了自己。但却又显得十分消瘦，千疮百孔，奄奄一息。巨兽在假寐。当它忽然坐起，那可是要吃人的。所谓历史的脚步声，说的就是这个。

在这里我要提及一下属于我个人的往事。1976 年的春节过后，我叔叔从重庆赴大寨参观，顺道探亲。他真正的打算是要把他的大女儿，也就是我的堂姐，送回到山西老家插队，以免她在四川农村感染疟疾。我父母不接受照顾一个他们从未见过面的侄女的义务，因为他们自己就有四个子女，最小的儿子还是残疾人。老兄弟俩在夜晚的奄奄一息的火炉前袖手，气氛颇不和睦。但我却希望我的堂姐能够来。我在想象一个说着鸟语的美丽的姑娘在我们家屋子里旋转。我对于人与人之间的关系过于敏感，那种紧张的气氛对我形成重压。我希望所有的问题都能够得到解决，否则它们就会横亘在生活中，使得所有人都举步维艰。尽管我才 15 岁，我却充满怜悯地看着我叔叔和我父亲的脸。这两张脸都映照在微弱的火光中，非常相似，却彼此隔膜。那一次我叔叔是从大寨来的。

其实“农业学大寨”这五个大字早已出现在所有的地方。它像一道符咒镂刻在了我们的额头之后。在迎面就是这五个大字的山坡下面，寒冬腊月我们小学生在造小平原呢。我是记工员，负责把每一筐或每一车土登记到劳动者的名下。那些营养不良的小学生用乞求的眼光盯着我手中的本子，唯恐我给他们少记一筐土。大寨这两个字成为我的潜意识中的一个图章。我的残疾成了我的安全屏障。我躲在后面恐惧，喘息，偷窥。残疾是属于我一个人的偶然。它像一个恶意昭彰的神意，神秘莫测地笼罩住我，使得我可以隐身在飘扬的大旗之下。这大旗中的一面，即是大寨。

往事构成了我们的现在。拄着往事的拐杖，我们在走往别处的人间。这就是我的昔阳之行的原因。毛校长没有安排参观大寨。我们在大寨的外围划了一个大的圆。这是看大寨的方法之一。最后我们在印象大寨喝了告别的酒。在一张巨大的餐桌上方挂着“欢迎山西作家光临印象大寨”的横幅。我就坐在那下面。我又喝了很多，又忘乎所以，笑口大开。

我在大笑中忘却了往事，其实也就是忘却了现在。我的所谓看两次的理论亦未能免于虚妄。所以回家以后我以积极的态度写下以上的文字。在文字中的我们都是沉郁的，都是往事的镜子，都是现代的哈姆莱特。在生活中，在动荡的现在，我们是谁呢？这是一个问题。

2020 年 8 月 19 日写于兰煜花园

8 月 20 日修改于赵树理文学馆

让荒诞照瞎我们的双眼

——在一次创作会上的演讲

我中午小睡片刻后就等着来和大家见面。离三点还早，我在那里发呆。望着窗外，我想起小时候漫长的午后，那时候不懂得什么叫无聊，后来才知道午睡过后最是无聊。在这样的时候，我们的脑子叫作一片空白也好，一片黑暗也好，总之这时候如果能有一个念头，哪怕是一个完全无用的念头，来造访一下我们，就会让我们不至于如此无聊。但是，恰恰在这时候，一个念头都不来，真是无聊死了。文学就是在这样的无聊时刻发生的。如果我们一直有活可干，有钱可赚，有事可忙，恐怕就不会有文学了。我们可以就此联想一下，现如今的反腐败运动使得大批的腐败人士已经或即将进入监狱，他们将要在那里度过他们大片的无聊时光。很可能，在监狱或看守所的四壁之内将回荡着文学，或许会因此产生一批新的文学。我在这里所说的文学，不仅指写下来的文学，同时也指只在四壁之内产生，然后又消失了的那些东西。正是这些东西可以支撑一个人的困境。这是我在中午的等待时刻临时产生的一个想法。这种想法是很容易飘逝而去的，所以在这里先汇报给大家。

然后我想说的是，我们本来是在一起的人，我们就在一个城市里生活。30 年前我在原晋城市政府部门工作的时候，经历了城区和郊区的所谓分家，一座大楼被分为两半，一半是城区的，一半是郊区的。本来都是一样的人，久而久之，虽然同在一座楼里，却视对方为外人，为“他们”了。隔离就是这样产生的。行政或者叫政治，可以使人与人之间相互隔离，从这种隔离中间就产生出了权力以及有关权力的话语。比如说，我今天之所以能坐在这里，是因为我是市里的人，是一个来自“上面”的人，所以在今天这个场合，大部分的话语权就归我所有了。

但是真正好的讲课方式，应该是相互平等的对话和交流，人数不宜太多，就像孔子和他的弟子们那样，是数人之间的不经意的谈话，而不是像现在这样，一个人在台上，几十人上百人在台下。现在的所谓讲课，已经失去了交流的本义，因为它不是双向的。现在的讲课可以叫作传播。一个人将他认为重要的知识和理念传播给尽量多的人。为什么听课的人会任其传播，并认为讲课的人所讲的确实是重要的和必须的呢？其实是因为二者之间的权力关系，至少在课堂上这种权力关系被暂时地承认和认可了。这是很多人习焉不察，实际上需要特别注意的一点。

我今天要讲三个问题：一是阅读与写作，二是素材与文本（作品），三是文学与时代。

一、阅读与写作

我在自己的文章中一直在强调一个观点，就是我认为阅读高于写作，经典高于当代。我持有这样的观点，是和我个人的经历有关系的。我这一代人的中小学教育完全在“文化大革命”中间度过，基本上没有童年和少年的真正的阅读。我和我的小伙伴们相比，还算是看过一些书的，都是《青春之歌》《林海雪原》《苦菜花》一类，可以称得上经典的作品小时只读过一部《水浒传》。那是供批判用的。当然谁也不明白为什么要批判《水浒传》，反正那时候三天两头找个东西来批判，于是大家就批判，当然谁也批不到点子上。公家发给了我父亲一套三卷一百二十回本的《水浒全传》，被我翻得少皮没毛。鲁迅的书当时也看不到。鲁迅是可以读的。所有的书都成了毒草，包括我上面说的《青春之歌》等都是毒草，但鲁迅是旗手，可以读，之所以读不到，是因为我们家没他的书，我们家只有一本《毛主席语录》、一本《毛泽东选集》和一部《水浒全传》。鲁迅是想读而读不到。所以，当我们学校最好的学生、高我三个年级的任巨良跟我说鲁迅的《且介亭杂文》如何如何时，我对任巨良真是高山仰止。可以设想一下，一个乳臭未干的小学五年级学生，而且处在那样的一个时代，仅仅“且介亭”三个字的发音就可以对他造成什么样的一种爆炸一般的效应啊。“且介亭”三个字在我的心中回荡了若干年，直到20岁我上了师专，才有机会读到《且介亭杂文》。阅读的希望及其满足感，是多么的不可思议。这和今天的情况不同。今天的情况是，网上有了无数的阅读资源，几乎想读什么就可以读到什么，但人们却不再阅读了。而且，我说我读到过《水浒全传》，那也不是所有人都能读到的，我能读到是因为我父亲是县处级领导干部。这叫特权阅读。特权阅读有一个著名的例子。60年代初我们国家印过一批内部读物，后来叫作“灰皮书”，也是批判用的，是印给高级干部的，高级干部们不知读了没有，但他们的子女有的读了，并且在北京的文化圈子里传播了。读了什么，就有了什么。这就是为什么当我们这些乡下青年还在“文化大革命”之后一片懵懂的时候，北京知青就写出了朦胧诗，就是因为他们读过“灰皮书”。所以，中国当代文学，特别是朦胧诗，既发轫于时代的变化，也发轫于在特定时间里对经典的阅读。而我 20 岁以后上了师专才赶上开放时代，能够读到一些外国经典作品的片段。但我们当时认为，很多作品我们这辈子都不可能读到它的全书，比如陀思妥耶夫斯基的长篇《群魔》、普鲁斯特的《追忆逝水年华》等等，因为我们觉得中国不可能开放到那样的程度。在这样的情况下，阅读和对阅读的希望，成了一种崇拜，一种禁忌，一种冒犯，一种不可能的人生。

后来禁忌解除了，有了各种各样的阅读方式。消遣成了阅读的主流倾向。其中一种叫作小资的阅读。比如像杜拉斯的《情人》、王小波的作品、卡尔维诺的童话和其他作品，都成为咖啡馆里提供给白领们的常备书目。他们满足了不同的阅读口味。我认识这样一个年轻人，他对李承鹏和袁腾飞的经历、来历非常熟悉，如数家珍，他也了解这两位作家的观点，以及与他们对立的那些人的观点，但这位年轻人并不认为上述作家的观点值得认真对待，更不要说用来指导他的生活或者建构他对当代生活的理解。他有他的观点，他的人生观根本不受上述作家的影响，更不受他偶然接触到的其他作家作品的影响，但这并不妨碍他去非常详尽地了解在他的圈子里流行的那些读物。这就是小资的阅读。对于小资来说，阅读与生活是分离的。

我们作为文学写作者的阅读是不同的。我们是当真的。当我们沉醉于一部作品中，这部作品会对我们发生影响，会影响到我们对生活，对世界的看法。我们要恢复到儿童的阅读本质——儿童的读总是严肃的。一个人之所以后来成为作家，缘由之一是他曾有过一个阅读的童年。

二、素材与文本（作品）

一定要有素材。不可能没有素材。所谓素材就是创作、写作用的材料。素材通过艺术家、作家这个中介变成了作品、文本，但素材没有消失，素材永不消失。要形象地说明这个问题，最方便的办法是看雕塑作品。比如罗丹把一块石头变成了一个“思想者”，一个“巴尔扎克”，但石头没有消失，石头仍然是石头。罗丹的手赋予了石头以生命，并且是特定的生命——因为任何生命都是特殊的，没有一般的生命。而素材原本是一般的、死寂的，通过艺术家之手，素材变为了永恒的生命。这是素材与作品（文本）关系的一个方面。对于作家来说，文字也是他的素材。我们说创作的准备是阅读，就是积累素材。另一方面，作家一定是在写他自己，他的经历、感受、思想、文字，都是他的素材。那么，写作就是对所有这些素材的改造，雕琢，塑形，完成。以我自己的作品为例。我有一篇小说《庄老板》产生于我在一家夜总会的一个晚上的经历，那是一次震惊的体验，为了缓解震惊，我写下了那篇小说。我的散文《小 b 回家》，写农民小 b 当了临时工，穿上制服戴上大盖帽，一个面朝黄土背朝天 30 多年的一个人，忽然坐到高高的岗亭里，过路的人都对他恭敬有加，给他递烟，说恭维话，请他喝酒，这是多么大的压力啊，同时又多么困惑难解。小 b 得了精神分裂症，被送回了他的村子里。当时闹非典，村口有站岗的，小 b 回村时，坐在公家的汽车里，端着大盖帽，站岗的并不知道他这是因病回家来了，并且是永远地回来了，仍然用羡慕的眼神看他，并无条件地为他放行。我之所以介入这个事件，是因为小 b 的临时工是我给他找的，我因此得以参与和目睹了全过程。小 b 茫然的眼神一直跟随着我，使我不得安生，于是我写了下《小 b 回家》。我的另一篇散文《父亲之死》，是因为父亲的葬礼。生于 1927 年、1945 年参加革命的父亲，于 1998 年撒手而去。我们在老家村子里为父亲办葬礼。那些天我每天看着我们的老屋，老屋外的西阁，西阁外通往山后的道路，非常地不平静。我们的老屋原本并不是我们家的，它是土改的成果，它本来属于一家李姓的地主。这地主已经不知去向。我问过邻居们这户地主的下落，他们一律摇头，茫然，并且漠然。父亲曾指着西阁跟我说，就在这上面开的批斗会，有的批斗会是以妇女们为主的，妇女们用鞋底和锥子对付地主和地主婆。此前我上过西阁，上面现在摆放着各色神像，儒释道及民间各小神安然杂处，但同样都尘封灰罩。在中央开阔处，也就是土改批斗会的现场，我们至今仍享用着其成果的、翻天覆地的土改运动已经了无痕迹。父亲去了，再有什么问题已经不可能由他给出答案了。这一切给我一种历史已经结束的苍凉感。但我知道历史并没有结束，为此我写了下《父亲之死》。

可以看出，所谓素材就是血肉和心路，是纠缠着我们的那些无解的问题。

写作是如此贯穿着我们周身，任何素材都不是身外之物，因此长期的文学写作除了生产出作品，同时也创造出了作家本身的形象。鲁迅的尖刻、深沉和复仇的形象，陀思妥耶夫斯基作为宗教狂人，托尔斯泰作为托尔斯泰式狂人，海明威作为文学硬汉，普鲁斯特的黑夜一般的阴柔，都和他们的作品一起留存了下来。一个作家从他每天睁开眼的那一刻起，他就沉浸在写作中。他从事双重的写作，他写下文字的作品，同时也塑造了他自身的形象。这个形象就是素材与作品的合一。

三、文学与时代

经常是剧烈的变化让我们认出了我们的时代，产生了时代感。1967 年我 6 岁时看见我父亲被人揪着游街，这就是一个剧烈的时代感，“文化大革命”就是以这样的一个形象定格在我的历史册页上。1977 年恢复高考时，我正在一家矿山医院“带粮学艺”，也就是当一个不挣工资的见习护士，完全没有个人的前途可以考虑，16 岁就看见了自己的一生将终老于这所旷野上的小医院，这时候传来恢复高考的消息，作为一个早已从五七学校高中一年级辍学的曾经的好学生，我看到了一丝希望在天边闪耀，这无疑成了一个时代的开端。我们的确存在于一个时代之中，我们不是单独的个人。我们被裹挟在洪流中。那么我们当如何应对呢?

我们经常说文学要反映时代，这就是所谓的反映论。我们说的现实主义就是反映论的另一表述。这个可能没有人会觉得陌生。还有一种叫介入论。就是作家本人的思想、生活、身体、行动要进入到当下的事件当中，特别是重大的事件当中。比如法国的存在主义作家萨特，就是一个全面介入的作家，他不光当一个哲学家和作家，他一定要采取行动，要上街游行，发表反战声明，拒绝婚姻——就是拒绝进入资产阶级的家庭制度中，拒绝诺贝尔文学奖，一度向法国共产党靠拢，一度亲近苏联后来又反对苏联，等等。萨特是西方左派知识分子和作家的一个最典型案例，是介入文学的典型，同时也是介入文学的倡导者和实践者。1949 年以后的中国作家中也有做出了介入努力的作家，比如赵树理，赵树理的万言书就是对政治的介入，赵树理一定要亲身参与社会实践，而不是像其他作家一样仅仅去“体验生活”，然后“反映”生活。“体验生活”是一个很奇怪的说法，它意味着要求一个人生活到不属于他的生活中去，对另外一种生活产生出一种真切感。这和文学创作的真实性原则其实是相悖离的，它要求作家的实际上是一种虚拟化的写作。赵树理不是这样的，赵树理对自己作品的要求是“老百姓喜欢看，政治上起作用”，“政治上起作用”就是对政治的介入。这是赵树理的介入论。赵树理因此付出了生命的代价。可见介入是很难的，甚至是残酷的。

那么，文学是否一定要介入和反映呢？回答是不一定。也有远离时代的写作。比如兰波、狄金森、卡夫卡等就是远离时代的写作。还有一种个人的文学，比如沈从文和张爱玲的文学作品中，个人文学的色彩就非常的浓郁。鲁迅的散文诗《野草》

也是个人的文学。很多人认为薄薄的一小册《野草》是鲁迅创作的最高峰，这就非常的意味深长了。一种低声呻吟的个人的文学比他面向民族和社会的文学的“呐喊”声具有更高的文学性，这是非常耐人寻味的一个文学史上的事实。

透视文学与时代关系的另一个视角是对荒诞主义和魔幻现实主义文学以及它与社会生活关系的观察。莫言小说中有不少荒诞和魔幻的因素，另一个当代的重要作家阎连科把自己的创作叫作神实主义，也是为了引入荒诞的因素。捷克剧作家哈维尔介入现实的方式是荒诞主义戏剧，他后来当了捷克总统，走了一条从囚犯到总统的道路。可见荒诞的确是当代生活的一个不可忽视的因素。

所有这些处于时代焦点中的东西，都足够荒诞。但是，从我们的文学中还看不到这些，文学离开生活的荒诞有一个荒诞的距离，如果我们居然能够长久地忍受这一距离，那岂不是荒诞至极吗？总之，荒诞是时代的礼物，这样的时代及其礼物是不可多得的，我们没有任何理由拒绝接受它。但我们仍在拒绝。也许我们中有的人在犹豫，就像人在犹豫要不要抬头直视太阳一样，因为太阳是那样的显明而又刺目。面对如此显明的存在，只有瞎子才会想要去看清楚它。我们是荒诞之光照射和笼罩下的虫子，但是当我们抬起头来，我们却也未必就看得见真实。

我不想说这是一个悖论的处境，因为从我们所习用的语言上说，悖论就是不可能，就是不可言说……

2015 年 5 月 17 日讲，22 日整理，6 月 2 日再整理

身在何处，为何读书

——一个事后整理出的演讲稿

依我看，我们目前所处的这个时代处于印刷文化的末期，网络文化的前期或中前期，智能化时代的发端期。也就是说这是三种时代或三种文化的混合，交合时期。这涉及和影响到我们手中书的形态的变化，以及我们对书的看法和态度的持守。

我们大部分人心目中理想的书，还是印刷文化的书的原型，也就是像我手中的这种由作者、出版社、印刷厂和书店共同合作，提供给我们的纸书的样子。它由封面、作者署名、柔软的内文纸、一定格式编排而成的印刷体文字来构成。

但是，我们大家都能够感觉得到，这已经不再是唯一的书了。我们心中最正宗的书的概念，正在受到快速的侵蚀和强力的挑战。我们在电脑上读pdf格式和其他格式的读物，我们用手机里的读书软件进行阅读，很难说这种行为不是读书，很难说我们以这种方式所进行的那个活动，所持续的那个动作，不是读书。只是我们的手之所触，不再是柔软的纸张，不再有纸的质感而已。这让我们感到很不亲切，我们像是睡到了别人家的床上，心里觉得很不踏实。

博尔赫斯所说的那种天堂—迷宫—图书馆，或者他也称之为宇宙图书馆，即是由印刷图书所构成。宇宙图书馆不是博尔赫斯一个人的想象，而是全人类的。但无论作为一种想象还是作为一个现实，它都不是短时间内可以建成的。关于它的想象才刚刚展开，遑论有幸进入其中充当一名图书管理员，它却已经在漂离而去了。天堂远人，困苦依然。无从演进的历史凝结为宇宙图书馆中一本书里的一行。人是悬挂在字脚上兀自欢腾的虫蚁。

但是，虫蚁亦大矣。我们到底能够握住一本书。就手中之书而言，手机提供给我们的那些同样叫作《红楼梦》或《战争与和平》或《追忆似水年华》的内容，与我们在纸页上所遇到的同样名称的内容，难道不是一模一样的吗？我们凭什么视其为非书呢？而且，这样的书省去了大量的纸，可以保护我们的森林和其他资源，这不是更环保吗？而环保有利于延续我们这个唯一的星球的生命，使我们能够较为长久地待在这唯一的（至少目前看来是这样）家园，这是好事啊！

所以，这种书的原型发生变化的趋势应该是不好阻挡的了。事实上我们的下一代、下两代人已经安于在这一趋势之中了，已经不好让他们完全认同于我们的那个印刷文化的书的原型了。

而且事情还在发展中，下一步的事情可能更难预料，可能会更加超出我们的经验之外。比如，谷歌公司假如真的研制出了一种眼镜，这种眼镜连接着网络，而网络又囊括了世界，而且这只眼镜是善解人意的，可以回答人的阅读需求，这个戴眼镜的人他只需要转一个念头，眨一下眼睛，就可把他想要的“内容”（也就是书）尽收眼底，甚至尽收脑中。他就没必要像现在这样费力地，一页一页地看书了。这个事情有没有可能呢？

我觉得是有的。也许从文化、道德、宗教的层面看，将这种可能性转化为现实到底好不好，或者说这个进程如果太快了的话到底好不好，是需要慎重地考虑和控制的。

这是从书的形式和对书的接受形式来看，还有另一个方面的问题，是作者的问题。印刷文化下的书都是有作者的，因为有作者，所以有版权，有知识产权，于是才有了知识分子，乃至于有了文化英雄，有了一整套的文化生产机制，所有这些形成我们的民族文化，形成不同民族文化之间的交流，以及世界文化，人类文明。孔子、老子、李白、杜甫、曹雪芹、鲁迅等等，这些是我们中华民族的文化英雄，文化源流，没有了他们，整个中华民族的存在就都变成了一个可以质疑的事情。世界上其他的民族，其他的国家当然也是如此。因此，一本书有无作者是非同小可的。

但是，正在出现的一个情况是，未来的智能化机器人极有可能比人类的作者更高明，写得更好，它们写得更快就更是无疑的了。它们的全面和深度的学习能力，是人类无法望其项背的。这一点在其他领域已经被证实了。如果将来的一本叫作《粉楼梦》的书比我们的《红楼梦》写得更好，那叫我们情何以堪？严重的问题是，《粉楼梦》根本就没有作者，它出自一部机器之手，不是一个人类的、有名有姓的人创造出来的，于是，在这种情况下，就再也没有了文化英雄，没有了创造者、作者。而且，在知晓了这种情况的情况之下，读者们尽管面对的是一部超越千古的名作，他们的感动、钦佩、崇拜，浮想联翩，思接千古，心心相印，眼泪和叹息，还会有吗？也就是说，一本书还会有它的读者吗?

以上所讲，并非耸人听闻，而是一个推测，这一推测是依据于事实的。事实是，在最复杂的智力游戏围棋博弈中，人类已经败北，而且人与智能人（我觉得机器人这个名字已经很难叫出口了）的差距还在迅速地扩大中，人类大有一溃千里之概。曾经的世界第一人，韩国的围棋名将李世石九段，因为看到人类已无法取胜，而在36岁之年选择了退役。另一事实是，智能人已经可以写出一部叫作《海明威传》的书，它的笔调、笔法、精彩段落，据说已经好到不能使人相信它出自非人之手，只不过它的作品的整体尚有缺陷，尚需调整而已。

这就是为什么我说我们的时代是由印刷文化、网络文化和智能化混合而成。其中更大、更凶、更具有决定性的那只智能化老虎就伏在前面的必经之路上，它将比网络化更加彻底地改变我们的文化形态、意识形态、道德状况、宗教信仰，改变我们的书，改变我们的一切。

这种情况乍一听很突兀，有的人说，我还刚下过决心，正准备好好读书呢，你咋就说书已经变了呢？是的，这是没有办法的事情。实际上现代社会本来也一直都是以变化来作为它的主基调的。现代之神就是变化。我们手中的书，我们心中书的原型，即印刷文化之书，存在的时间实际上也并不长。书的问世及其被广泛阅读，有赖于印刷技术的发明和全民教育的普及，还有以作者为核心价值的文化体系的设立。这在欧洲也是迟至18世纪以后才逐渐实现的，在中国则要到19世纪末至20世纪初这一过程才开始发生。中国的第一家现代意义上的出版社商务印书馆成立于 1897 年，大学也是首次出现于这个时期，杂志也是。而以扫盲为标志的初等教育的普及，还要等到 1949 年以后。也就是说，中国人开始大量地读书，不过百年多一点，而大部分中国人都能够读书，有了基本的阅读能力，还不到 70 年时间。这期间还有不正常的中断，最明显的中断是“文化大革命”时期。我就是在这个时期开始学习的，那时我像所有的青少年一样，处于一书难求的环境之中。到 1979 年这一情况才开始发生变化。这一年《读书》杂志发表爆炸性文章《读书无禁区》，呼吁开启一个可以正常读书的时代。从那以后我们才有了一个基本正常的阅读环境，从那时到今天不过 40 年。这个时间太短了，仅够一代人的成长。而这个 40 年的后 20 年出现了网络，对书的阅读造成冲击，还有电视、游戏等等，所以充其量，一个最少干扰的阅读时代只存在了 20 年。这对于一个民族的文化生成而言简直连一个瞬间都算不上。今天我们却已经在这里讨论到底需要不需要读书。

正是诸如此类的变化、中断、干扰、冲击，构成了我们的读书时代。因此可以想见我们究竟能够读多少，读到了一些什么，我们将会在人类学意义上传承下去的基因中间能有多少书的因子。

我想，说到这里问题和结论就都有了，也都明确起来了。我们只有不顾一切地埋下头去，尽可能地抵达书本，在无限之书中做一个渺小的泳者，乘着印刷文化无限美的夕阳和智能化的朝阳，谦卑地伏身于变化的书中，如果可能就永远也不抬起头来；如果还有另一种可能，我指的是在阅读之余的写作——

写作也是一个低头的动作，与虔诚的阅读相连，那就弯下头去写作，一边写作一边阅读；这样我们就能延续我们作为人的存在，一种类的存在，从而有可能免除作为一个偶然的泡沫无法归类的命运。

至于说为什么需要加入读书会里来读书，我的意见是，如果我们面临共同的问题，那我们就聚集起来，研究解决这些问题，如果我们的心中没有产生这样的问题，那我们就把时间留给书，只与书两两相对。

在所有的孤独中那是最美的一种孤独。它筑起堤坝抵挡所有冲击，它令时间停止，将敲门声泯灭，使窗外的美景一再地重现。它带来的救赎之光闪烁明灭，那是绝望中的希望。

总之，阅读使世界统一并且延续。这个延续的世界会接纳自我，使我们不再流离失所。

2019 年冬至日演讲，12 月 25 日写出

游离与回归的悖论

——我在青莲沙龙的发言

起初我对是否参加青莲沙龙的这次活动有点犹豫——不过我对做任何事情都会犹豫，但我到底还是来了，也就是说我在犹豫了一番之后，取消了自己的犹豫。这对于我是一个比较典型的动作。我惯常如此。

我先从一个人说起。就是咱们群里有人提到的刘西渭。刘西渭又叫李健吾，做评论家时他是刘西渭，做翻译家时他叫李健吾。他曾经被认为是一个天才的评论家，但他的至今仍然在被人阅读，至今仍然在卖的作品，是他翻译的《包法利夫人》。这是他惠及当代的一个翻译作品，至今被认为是无可替代的。这是他 30 多岁时完成的一件工作。他的《福楼拜评传》是在不到 30 岁时就完成的。这也是一本仍在被引用的书。也就是说，李健吾在 30 岁左右就完成了他一生最重要的工作成果，达到了他一生的顶峰，他此后所做的工作，并没有多少流传下来的、可以被我们当代的人们继续阅读的东西。他的天才显然没有全部发挥出来。发生在李健吾身上的这种情况，也发生在沈从文、丁玲等很多现代文学作家的身上。甚至可以说，这是那一代人的命运。这一段历史我们早已经非常的熟悉。我之所以重提，是想引出一个话题。

那就是我们这一代人的命运，即出生于20世纪60年代初，幸运地赶上了高考，经过了整个改革开放的历程，现已进入老年，基本可以回望一生的这一代人的命运曲线，以及从这一曲线中映现出的他们生命的旋律。我以前曾经引用别人的话说，百年中国，每十年有一个变化，这一变化影响到这十年中出生的一代人，这就是为什么我们会有60后、70后、80后、90后这样划代的说法。这并不是一个偶然的现象，但也不是一个普遍的规律，它只是改革开放以来的一个中国现象。它非常重要，值得观察，因为它体现了几代人的命运旋律。那么，我们这一代人有怎样的一个命运的旋律呢？我想以我为例来加以说明。

我出生于1961年的晋城县巴公人民公社。首先，1961年是三年困难时期的最后一年，这是这个年份的一个特定的含义。然后，巴公人民公社，早已不再存在了，它那时候是包括了大阳镇和陈沟乡在内的一个很大的公社，但它还不是最大的公社。因为还有高平人民公社，沁水和阳城合并而成的阳沁人民公社。总之，巴公人民公社，即我的出生地，已经不存在了。第三，我在1963或1964年就离开巴公，去了长子县的一个人民公社，原因是当时的“四清”运动，我父亲去那里搞“四清”，我们全家随之而去；第四个情况，是我出生9个月的时候得了小儿麻痹（脊髓灰质炎），虽然侥幸的没有死去，但成了残疾人。

关于我的残疾，我的父母和家人在我很小的时候，经常半真半假地给我灌输一些说法，一是说我的奶妈应该对此负有责任，首先我的奶妈的奶不够，但她没有坦承这一点，这就导致我的体质不佳；其次，我奶妈的家庭成分是富农，这个富农女子抱着我去人群中看戏，使我得了传染病，这样她就难逃故意使我得病的嫌疑；第三，因为我们家的孩子已经够多的了，而我既然已经奄奄一息，所以曾一度考虑将我弃之不顾，我能活下来纯属侥幸，所以，我对待人生正确的态度，唯有无限地感激我的父母。

这些说法都是以半开玩笑的态度说的，但是，这里存在一个问题，那就是一个孩子是不懂得开玩笑的，他完全不能理解世界就是一个玩笑，这样一种十分荒唐的世界观。但这就是大部分成人的世界观。孩子还没有建立起他的幽默感，他当然也不可能知道，一句话的含义有字面之上和字面之下两种，并且这两种含义经常构成一种反讽的关系。

所以，我对待上述说法是绝对严肃和绝对认真的，因为那时的我还没有学会不严肃和不认真地看世界的态度。

一个孩子对待世界的态度之极端的严肃、鲜活，是成人所不可想象的，尽管所有的成人也都曾经是一个孩子，但他们由孩子变为成人的代价，就是彻底舍弃了他身上的孩童性；他们已经忘记了，孩子对世界有着一种一次性的、绝对的、不可逆转的建构关系，也就是说，世界并不是现成的已经在那里，然后被一个孩童看见的，而是从一个孩童的眼睛里，一棵树，两棵树，一条河，一座房屋，生长出来的；人们口口相传的有关世界的各种传说，在一个孩童的耳中，也并不是传说，而是真理。

在这种情况下，我就被置于了一个非常特殊的境地里：第一，我本不该来到这个世界，但我却来了，那么，我一定另有来处和去处。我是人群中的异类，我从根上就是这么的与众不同，我永远也无法混同于人们之中。第二，对待一个病人和残疾人最合适的态度，就是将其舍弃，结果却竟然没有将他舍弃，那么他的存在必定是偶然的、短暂的、充满争议的，也就是说他的存在必须得由他自身提供充足的理由，否则他就是一个可泯灭的存在物。第三，我喝了富农的奶，我的身体里就流淌着原罪，我必须洗净自己，但是，既然是原罪，那就是无法清洗的。这是一个存在的悖论。

这样，我就成了一个幸存者，一个短暂的人，一个偶然的人，一个存在理由不够充分的人。

这是我的一切行为的出发点，一切思想的困境，一切奋斗的动机，和一切消极无为背后的动机的缺位。

这就造成，我起初是一个恐惧者。我对所有东西感到恐惧，对他人、对集体、对外物，包括对家人和亲人。因为我不属于他们，我和他们不同，他们都是我的对立面。上小学一年级的时候，我几乎是被同院子的孩子们簇拥着去的，有那么多的护卫，仍然不能免除我对集体的恐惧感。上小学二年级的时候，我来到了长治市，上学路上漫长的街道充满了危险，没有伙伴，没有援兵，肚子里永远憋着一泡尿，那泡尿成了对个人尊严最迫切和内在的威胁。上小学三年级的时候，我以给同学们讲故事的方式，暂时消除了周围的敌意，但我心里明白，敌意是永存的，和解的局面是脆弱的。上小学四年级的时候，我似乎开始展现出了优于同龄孩子们的智力上的优越性，但却被老师批评为“你也太聪明了吧”！于是我知道我仍然是孤立无援的。

也就是在这一年，我开始给《人民日报》写信，谋求外出治疗我的残疾。我努力与外界联系，寻求救援，一直持续到初中毕业，终于达成目的。这是我开始有意识地进行游离的最早的一个连续性动作。

这以后，支撑我内心的不再是恐惧，那个支撑性的东西变成了骄傲。我傲然于我在学习上、智力上对周围的领先。特别是高考，仿佛给我佩带了一枚勋章。我曾先后参加过三次高考。尤其是第三次高考，明知考试成功也不会被录取，仍然执意地要参加。我仿佛是为了那枚光荣的勋章而战。上了师专以后，我本来应当努力学习中国古典文学，因为晋东南师专据说是山西省师专类院校中的古典文学重镇，但我弃古典而转向外国文学，并由 19 世纪的外国古典文学迅速转向西方现代文学。这是又一次从中心地带，从集体之中向外进行的游离。

开始文学写作以后，我起初是写文艺评论的。1985 年我获得了首届全国青年电影评论征文一等奖，并赴京领奖。在北京观摩了几部真正的现代电影，见识了北京的电影评论家们的高谈阔论，也听了一些关于文学的讨论，回来后我就放弃了电影评论写作。这是一次带着虚假的骄傲的游离。

所有这些游离，我自己觉得都是指向着某种回归的，但是究竟要回归何处，却并不了然。我似乎把自己悬搁在游离与回归的中途。似乎只有在那个前不着村后不着店的地方，在惶恐和缺然的状态中间，才有一个隐约的方向可供踅摸。

这似乎像是一种存在主义的气质，或者是一种浪子气质，甚至也可以说是一种无产阶级的气质，亦即共产主义的气质。总之它们都有一个共同点，那就是都是始终在途中，不断地做出决定（或搁置做出决定），终极目标遥不可见，或者是干脆迷失于终极的目标。

包括我的下围棋，也是一个游离的动作。我们坐到棋盘前，双目凝视黑白两色的棋子，沉醉于一场游戏的剧烈的胜负，总是转瞬之间就由白天进入了黑夜，成功地将外部世界——包括文学艺术摒除于外。游戏就是避世。游戏者是虚无主义者。我下围棋 20 多年。那正是一生中最好的年华。我没有将最好的年华用于“立功”“立言”。我偏离开了在文学上“建功立业”的正道，使得文学更加成其为一座宝藏。这座宝藏近在咫尺，我只需换一个座位，就可以进入对她的无尽的阅读之中。我曾经将最美好的希望藏起来，然后我又回来了。

开始散文写作之后，我一度把自己定义为一个观察者。所谓的观察者，其实就是一个冷漠的局外人。我也的确曾经对加缪的小说《局外人》着迷过。我也曾一度着迷于罗兰·巴特的“零度写作”。我对帕斯卡尔和维特根斯坦严谨而又冰冷的金属般的思想情有独钟。我对托尔斯泰上帝般凌驾于一切之上的姿态，对川端康成的自闭式“雪国”美学，对杜拉斯的自残式切割自身的残酷语句，对卡夫卡的黑暗地洞式的迷宫写作，都曾经不可抑制地坠落般地爱过。

40 岁的时候我出版了我的第一本散文随笔集《隐居者的收藏》。从这个书名就可以看出一种游离的倾向。书出版后，一个著名作家给我写了一封信，后来这封信成了公开信，他从他的角度看出了我是一个游离者。我们一般都认为，一个人是他的环境的产物。但这并不绝对，也不可能是绝对的，一个人也可能成为超离于环境的一个存在。一个自觉的观察者，就是一个自我的建构者，环境对于他就是非本质化的，是一个解构的对象。当然，这一过程肯定是十分艰难的，因为要防止自我的对象化，需要强力的意志，需要护卫意志的飘逸不坠的思想。

说到与环境的关系，我还有可说的。我其实出生和成长于一个完全没有文化甚至是反文化的环境中。我们家几乎没有一本书。我的父母是工农干部，他们的文化水平是可以勉强读报纸的样子。我的父母青年时代从农村出来时，没有带出来任何东西，而且丢失了中国农民普遍的信仰和价值系统。因此可以说我们家是一个朴素的无神论家庭，所谓朴素的无神论，我指的是一切皆不值得敬畏，尤其不值得敬畏的是文化，这么一种世界观。我十六七岁才第一次在附近农户的院子里看见农村家庭主妇的敬神仪式，我深感震惊和神秘，但却并没有唤醒我内心的任何东西，因为那里是空的。然后，我的母校是一所人民公社的半工半读的五七学校；我的周围没有知识分子，一个都没有，就连关于他们的传说都没有。我的阅读启蒙开始于我到师专读书以后，也就是20岁左右，这简直太迟了。所以我不能说我是一个环境的产物。

我是我的环境的一个异物。这一点意识可能才是始终存在的属于我自己的一个内在的东西。是它陪伴着我的成长，给了我最初的观察的觉醒，一个恐惧者的羞怯的内心，以及一个向内生长的卑微的灵魂。向着内部空间逃跑，这是我的道路。我对此秘而不宣。在我很小的时候，有一次，趁无人之机我趴在我们家唯一的桌子上试图写一篇文章，这时一个年轻人掀开门帘走了进来。他要看我写的东西，他无非是逗弄我这个小孩子，我则坚决地捍卫我的秘密，不让他看。我内心的秘密当然更不可能让任何人看见，但我却可以看着任何人，听他们的谈话，这就是一个观察者天然的不可剥夺的位置。你把他置于哪里，他都可以看和听，可以在内心形成他的意见。观察，意味着某种自由。

我觉得我现在已经从观察者的位置脱出来了，但我仍然是一个局外人，可能是一个热情的局外人，或者是一个怀抱着人道主义的局外人。现在的我，可能确实是一个很好的交谈者。我和不论什么人在一起，可以很快地并且是轻易地进入到一个倾心交谈的状态，可以迅速地进入到一个实质性的交流阶段。在出租车上，在下乡扶贫时，在小区门口碰见保安的时候，以及在办公室接待作者时，也就是说，面对所有愿意打开心扉的人，我是一个愿意接纳他们的痛苦和欢乐的人。而且我也确实发现，所有人都愿意敞开他们的心扉给外人看，除非他们被贫困和极度的劳累所损耗殆尽，即使如此，他们的善意也仍然是可感知的。

问题是，所有的交谈、交流，都是短暂的，甚至是瞬间的，交谈和交流的终点很快就会显现，那就是两个点向着相反的方向运动而去，就像一条无限延伸的直线的两端。一定就是这样。

我们和任何一个他者，都不能构成一个命运的、精神的、思想的共同体。甚至在某种意义和某种程度上，我们都仍然是对方的戒惧者。所以我说，我只不过是一个热情的局外人。

这就是我一生的几个阶段：从一个自我设定的幸存者，到一个带有青春期狂放的骄傲者，再到一个冷漠的观察者，最后是一个热情的局外人。当然现在还不能说是最后。

我希望能保持住我的热情，直到最后的最后。

2018 年 6 月 23 日讲于青莲沙龙

2018 年 7 月 9—14 日整理于兰煜花园